Annie Ernaux

Les armoires vides
Annie Ernaux

空衣橱

著

[法] 安妮·埃尔诺

译

张洁

上海人民出版社

作者简介：

安妮·埃尔诺出生于法国利勒博纳，在诺曼底的伊沃托度过青年时代。持有现代文学国家教师资格证，曾在安纳西、蓬图瓦兹和国家远程教育中心教书。她住在瓦兹谷地区的塞尔吉。2022年获诺贝尔文学奖。

译者简介：

张洁，法语语言文学博士，广东外语外贸大学法语系讲师，长期从事翻译实践，已出版《辫子》《比克瑙集中营的黎明》《薄如晨曦》等译著。

"安妮·埃尔诺作品集"
中文版序言

当我二十岁开始写作时，我认为文学的目的是改变现实的样貌，剥离其物质层面的东西，无论如何都不应该写人们所经历过的事情。比如，那时我认为我的家庭环境和我父母作为咖啡杂货店店主的职业，以及我所居住的平民街区的生活，都是"低于文学"的。同样，与我的身体和我作为一个女孩的经历（两年前遭受的一次性暴力）有关的一切，在我看来，如果没有得到升华，它们是不能进入文学的。然而，用我的第一部作品作为尝试，我失败了，它被出版商拒绝。有时我会想：幸好是这样。因为十年后，我对文学的看法已经不一样了。这是因为在此期间，我撞击到了现实。地下堕胎的现实，我负责家务、照顾两个孩子和从事一份教师工作的婚姻生活的现实，学识使我与之疏远的父亲的突然死亡的现实。我发觉，写作对我来说只能是这样：通过我所经历的，或者我在周遭世界所生活的和观察到的，把现实揭露出来。第一人称，"我"，自然而然地作为一种工具出现，它能够锻造记忆，捕捉和展现我们生活中难以察觉的东西。这个冒着风险说出一切的"我"，除了理解和分享之外，没有其他的顾虑。

我所写的书都是这种愿望的结果——把个体和私密的东西转化为一种可知可感的实体，可以让他人理解。这些书以不同的形式潜入身体、爱的激情、社会的羞耻、疾病、亲人的死亡这些共同经验中。与此同时，它们寻求改变社会和文化上的等级差异，质疑男性目光对世界的统治。通过这种方式，它们有助于实现我自己对文学的期许：带来更多的认知和更多的自由。

安妮·埃尔诺

2023 年 2 月

目　录

我把虚假的宝藏存在空衣橱里

连接童年与烦闷的无用之船

通向疲惫的游戏

——保尔·艾吕雅,《公共的玫瑰》

　　每隔一小时，我就会去跳高，骑自行车，或者压腿。为了加快进程。一股奇异的热流像一朵花一样在我的下腹某处绽开。猩红、腐败。不是疼，是疼痛的前兆，四肢百骸涌来的热潮直击胯部，最后消失在大腿根。几似快感。

　　"您会感到有点烫，就一会儿，进去了就好了。"一根红色细长的导管，蜷作一团，从沸水中被取了出来。"过一会儿就适应了。"我躺在桌子上，只能看见两腿间她的灰发和系在钳子上的那条红蛇。它消失了。痛不欲生。我咒骂着这个老女人，她正往那里面塞棉花，以固定导管。"别碰你的下体，你会弄坏它的……""让我亲亲那甜蜜的小糖果，就那里，唇瓣之间……"被这么撬开、乱塞、堵住之后，我很怀疑它之后是否还能正常使用。完事后，她让我用玻璃杯喝了点咖啡，算是给我俩打打气。她絮絮叨叨地说个不停："要多走动，是的，该上课上课，除非你觉得自己脱水了。"一开始，肚子里塞着这么一堆棉花和导管，走路都很困难。一步一个台阶地蹚下楼梯。刚到街上，人群、阳光和汽车搞得我头晕目眩。回到大学城后，依旧毫无动静。

"您会宫缩。"从昨天开始，我就蜷缩着身子在等，盯着所有的征兆。究竟会怎么样？我只知道它会慢慢死掉，缓缓熄灭，逐渐溺毙于充满鲜血和黏液的囊袋中……然后，掉出来。一切结束。头埋在床上，呼吸间都是被褥的气味，太阳炙烤着我双膝至腰间的部位，内里温热，表面丝毫没有抽搐的迹象，一切都发生在遥远的脑回路中，与解剖图毫无关联。我一直保持着这个类似瑜伽的姿势，直到晚上。也许阳光能穿透皮肤，分解血肉和软骨，那团黏糊会从导管中缓缓流出……痴心妄想。它不会这么轻易离开。跑步和压腿都是白费力气。

或许应该研究一下教学大纲上的某个作家，雨果或贝玑（Charles Péguy）。真让人恶心。他们的作品里没有任何内容和我的境遇相关，也没有哪怕一行文字能描述我现在的心情或帮我度过这晦暗时刻。有那么多关于生育、婚姻、苦难的祷词，人们应能找到一些关于一个刚找过堕胎医生的二十岁女孩走在路上和躺在床上的所思所想。翻遍群书。书本无言。导管的介绍倒是颇为详尽，导管的变形……我从室友那儿借来的医学词典里充斥着骇人听闻的细节和阴森恐怖的言外之意。他们以让人恐惧为乐，吹点风是死不了人的。可当人们用吸管将青蛙吹爆时……就会死翘翘。不再时时恶心，全身散发着一股去不掉的微微臭气，不再狼吞虎咽那突然变得令人反胃的食物，不再梦里都是十里长街的熟食店，满眼只有橱窗里五颜六色的食物。不到两个月，她就变成了一只嗅觉灵敏的母狗，随时准备往食盆里呕出泔水……菠菜那毒药一般的绿，番茄那赤汞一般的红，还有疑似煎牛排的面包皮。嘴里总有一股变质的维昂朵调味肉汁（Viandox）的味道，仿佛得了胃溃疡。这些书真让人反胃。我继续扮演着学生的角色，记笔记，努力专心听讲，出行，宣称自己要拿到教师资格证，以评论家或记者为业。我也许过不了六月的考试，十月的也够呛……一切就要脱轨……学习有什么用？"谁想做一次关于纪德的报告？"

博尔楠（Bornin）用眼睛将整个阶梯教室扫视了一遍。我连续写三行字都做不到。无论是纪德还是什么人，我都无话可说。我不过是个冒牌货，如同父母摆在门口充门面的玻璃瓶。博尔楠也是个冒牌货。他的话含含糊糊，性器官萎缩丑陋，双手在我的面前比来比去。这个油腻下流的蠢蛋肯定看出来了，那玩意变大了。维昂朵调味肉汁又涌到我的唇边，我咬着牙忍住了，要是我这时候跑出去，所有人都会知道我怀孕了。名声扫地。死翘翘。

第一次阵痛蜿蜒而来，在最柔软的地方爆发了。身体里烟花跳舞，疼痛举宴。越来越热，寂静，欢愉之巅。经过这么一折腾，我怕是再也无法高潮了。这是对我的惩罚。要是他们看到我这样……"你可吃不到什么好果子。"那两个老家伙第一次对我说这句话是什么时候来着？一个月前，我差点就当着他们的面吼出我怀孕了，就想看看结果到底能有多糟。看他们脸色发青、气得发抖，戴着古老永恒的悲剧面具歇斯底里地叫喊，而我则能将心中的喜怒一股脑儿地吼出来。这都是他们自找的，就是因为他们我才会这样。都怪他们又丑又穷又土。可我实在说不出口。他们甚至不会答应让我自己处理这件事。我从不敢和他们说这种事。他们也从来没有怀疑过……他们为我付出了一切……这会儿，他们应该在雏菊图案的防水桌布上边吃边聊，晚餐是鸡肉和精选豌豆，最高规格。她说，他们应该去看看赛德尔街上在建什么，那些商铺都是竞争对手。他回道，这些都让他烦透了。接着，他们开始吵架。一如往昔，历历在目。我不去想他们和他们的生意。我也无法将他们和这里崭新洁白的墙壁、干净卫生的盥洗室和书架联系在一起。在这里，我不再是勒叙尔家的女儿，而是一名女大学生。大学城的停车场上落叶满地，它们在小径里随风飞舞，铺在栅栏边停放的汽车上，美不胜收，就像蒙蒂切利[1]的画。高中毕业会考前积攒的那点艺术绘画知识还没有忘光，我本不通文艺，这点东西也都是从剪下的《大众阅读》上学来的。无法踩在汁液四溅的树叶上奔跑，感受倒退的树木中透出的光线，呼吸那停留在齿间可以消解口中哈喇味的微涩空气。独自一人，就那么躺着，趴着，张着腿，上下深蹲，屈膝跨坐，做着流产前的体操。他肯定会狠狠笑话我一顿，那个小流氓，废物小资……我摸着肚子，想象着炮弹、展会气球、开闸喷泉或无论什么东西炸开的那一刻。

　　惩罚，接受第三方的矫正。被一根小小的导管拴住。二十年就混到了这步田地。不是别人的错。怪我，彻头彻尾都怪我。我是谁？首先，是勒叙尔杂货店家的女儿，然后，是永远的班级第一。还是周日穿短袜的呆瓜和奖学金获得者。或许什么也不是，只是一具任凭那个帮人堕胎的女人摆布的躯壳。我和橱窗中摆着的竖笛盒子，穿了三年的红色大衣，书，还是书，"你有这本吗？"七月主保瞻礼节时被践踏的小草，温柔的手，不应……到处都是人，步履蹒跚，讲话时手舞足蹈。他们慢慢朝前走着，面色紫胀，垂着手，人群从四面八方涌来，穿着羊皮鞋衬的老家伙们，附近收容所里的古怪人，四处揩油的流氓，赊账买牛肉罐头的那帮人。他们知道我看不起他们，那个擅长给客人端土豆的勒叙尔家的姑娘。他们总算报了一箭之仇。秘书或是打字员，大家都不陌生，白嫩嫩的手，红彤彤的指甲，自命不凡。可女大学生就有点太特别了。"学的什么？""文学。"一片漆黑，一头雾水。好在他们被这回答给镇住了，不再追问，反正那老两口也跟他们解释不清。被逮住了。这突然一击，最后会变成词典里所写的那种咕噜声。那些人肯定会知道的，然后咽着口水跑到杂货店来，双目放光地问"怎么回事"，收银台前会排起长队。一斤苹果，进入正题前，再来点波尔-萨鲁奶酪（Port-Salut）当前菜。我的父母一定会非常恼火，还得给那些完全听不懂"还有呢，女士？"是什么意思的人服务。坐在那条破街上的客人们，喝着劣酒，蘸着香醋，交头接耳打听着只言片语。一个长得不是位置的囊肿、肿瘤，或是哪根血管破了。必须打消所有的疑虑。可在这么一群包打听面前，他们肯定做不到。我太了解这群人了。他们总跑到我们家的馆子吃晚饭，死乞白赖地央求着赊账一周，哭诉着自己的苦难，什么人的尊严、羞耻、体面，统统与他们无关。从童年到大学，我每天看着他们赖在我家的食品杂货店，窝在咖啡店的椅子里，像褪色的老旧摆件，喋喋不休，时刻准备出击。他们看着我换衬衫，在厨房的洗手池梳洗，在桌角写作业。他们经常问我："你美得像朵花，妮妮丝（Ninise），这裙子哪儿买的？以后你想干什么？也开个餐馆？别吐舌头，你想被打屁股？"在我还小的时候，若是条件允许，他们定会随意揉捏我，把咖啡店里那些乌七八糟的东西都塞进我的脑子。要是我不是勒叙尔家的女儿，勒叙尔咖啡杂货店家的女儿，若是我不曾从某一刻开始就如此地厌恶这一切，假如我对二老更好一些，"我们是你的父母，你知道吗？"我就不会如此遭罪了。悔恨涌上心头。一切都在重组、堆积、嵌入，山脉一般，重重叠叠。需要解释一下为什么我会把自己关在大学城的某个房间里，独自面对死亡和即将发生之事的恐惧。在两次宫缩之间，看清楚，讲明白。混乱究竟从何而起？不，我并不是生来就满腔愤懑，我并不是从一开始就如此地厌恶他们，我的父母、客人、店铺……另一边的人，那些所谓的文化人、老师、体面人，现在我也恨他们。我想吐。吐在那些人、文化和我所学的一切之上。真是四面楚歌……

　　勒叙尔咖啡杂货店并不是什么籍籍无名的小店，克罗帕尔街上仅此一家。街区离市中心很远，毗邻乡村。客人倒是不缺，店里总是满的，不过都是月底结账。这儿算不上一个社区，但也差不离。家里没有地方可以让人独自待着，除了楼上那间巨大冰窖一般的卧室。冬天，这里就像北极一样，我经常穿着睡衣溜上床，掀开那潮湿的被子，爬向用厨房的抹布裹着的热砖头，进行极地探险。白天，我们都待在楼下的咖啡馆或杂货店里。两个铺子间有条过道，楼梯就在那。过道被当成了厨房，里面有一张桌子、三把椅子、一个煤炉子和一个不出水的水龙头。我们都是用水泵在院子里打水。厨房里免不了磕磕碰碰，中午我们都是快到一点的时候才匆匆吃几口，晚上则要等到客人们都离开了才吃得上饭。我的母亲每天都要穿过这里好几百趟，不是搬着筐子，就是堆到下巴的油或朗姆酒，要不就是巧克力、糖。她从地窖将这些东西搬出来，进门时只能用脚推。她管杂货店，父亲管咖啡店。家里总有客人，满满当当。这些人要么在柜台前排着队等着我母亲称土豆、奶酪或低声算账，要么围在咖啡店的桌子边，要么在院子里，父亲在那用一个木桶和两块靠着墙竖起来的板子修了个便池，就在鸡窝旁边。

他们每天早上七点就来了。当我还穿着睡衣从楼上下来时，就能看到他们。这些人穿着黑羊皮大衣，带着被饭盒塞得鼓鼓囊囊的包，手握杯子，紧紧攥着，一言不发。然后去木材厂或建筑工地。中午，他们喝得更多。晚上，更是烂醉如泥。他们来了，聚会才开始。他们会加入整个下午都待在这里的那帮收容院里乐呵呵却有缺陷的老人们、久病不愈者、受了工伤缠着灰色绷带的工人们。

我的父亲，年轻、高大，掌控全局。他拿着瓶子，分毫不差地控着量，他的眼睛就是尺。他经常斥责母亲："你总是倒得太多，一点谱都没有。"所有的桌子，一个不落。"别太招眼。"他挡得住哀求："你喝得够多了，快回家，你老婆等着呢。"压得住那些永远喝不够还喜欢找事的狠角色："我去找警察，他们会让你清醒清醒。"骄傲的眸子俯视着客人们，永远那么警醒，随时准备将闹事者扫地出门。这种事还真发生过。他一把推开那家伙的椅子，拎着他的领子，不慌不忙地将他拖到门口。完美。我在五岁，甚至十岁以前都是这么看我父亲的。当时的我是那么幸福，无忧无虑。时常在桌子之间转悠，故意去踢被遗落的包袱，让它发出声响："别在那瞎晃，妮妮丝，你吵到别人了。"我会听他的才怪！我总和咖啡店的好好先生们待在一起，他们特别有意思。各有各的特点。宽肩膀的亚历山大会问："小家伙，听说你学习成绩很好?"他总是怒目圆睁,脸上活像开了个大染缸,红一块紫一块,眼袋微微发青。他打老婆,还会让他女儿莫奈特晚上九点出门给他买酒。勒鲁瓦老爹,纸一样白,总是一个人在念叨时政:"他们把政府搅得翻天覆地,还给牛排涨了价,要是我们吃得再多点……"一切都在他那张发乌的嘴里分崩离析。听得我瑟瑟发抖。布布勒则完全是另一个类型。他是个涂鸦画家,喜欢跨坐在凳子上喊:"一瓶啤酒,老板!你,过来。"他拽着我的耳环,将我拉到身边。离得那么近,棕色的皮肤、因咯咯笑着而露出的牙齿、顶到我肚子的膝盖。男孩和男人的世界近在咫尺。"别和男孩们一起出门!"妈妈说。"放开我,大笨蛋,你弄疼我了。""知道疼就赶紧向我问好!"趁人不注意,我第一次张着嘴朝布布勒那柔软、散发着男性气息、粗糙的皮肤上咬去。

他们由着我在脚上踩,腿上打,头上拍,把我当成开心果。可我无疑是玩得更开心的那一个,对他们又捏又抓，搜刮他们藏在口袋里的那些宝贝：脏兮兮的笔记本、部队的老照片、若布牌（Job）卷烟纸。他们笑得乐不可支。只有那些偶尔出现的新面孔才能免遭我的魔爪。我会在他们身边转悠，父亲则守在一旁，盯着他们的酒杯，瞅着机会让他们自报家门。倘若调查成功，便开始称兄道弟，推杯换盏。陌生人渐渐放下包袱，和大家融为一体。我父亲很擅长问出他想知道的事。直视对方的眼睛。我也会参与。"这人是谁？"看着从城市或省的另一头来的人，那里的人并不知道勒叙尔咖啡杂货店，解谜的快感诱惑着我。

一天，来了一群陌生人。一个修路的建筑队。他们之所以到我们这来，是因为这里比工地好。在这儿，他们可以热饭，可以点一盒酸菜，醉了还能在地窖里睡一觉。后来，他们变得和家人一样。他们让我坐在膝盖上，拿照片给我看，喂橙子给我吃。工程结束后，他们就离开了。这是生活中唯一让人难过的地方，我和我的父母，我们始终留在这里，其他人则会离开，立马被取代，相互可替换。就像咖啡馆里的故事。总是新的，发生在另一个地方，一晚上永远讲不完；故事里那些被模仿嘲弄的主角：工头、老板、市中心的商人们，永远愚蠢且缺席。"我该对他说什么？我的戏没做足。有时，就该和他说我不会干活，蠢蛋！就该对他说，别再瞎扯，别烦我，听到了吗？"恐惧和悲剧退场。亚历山大本可以杀了那工头，再一把火烧了厂子……"都是蠢蛋！"可他什么也没做，我们也不知道这故事最后究竟怎么样，他已经重新坐回去了。我自然是站在他们那边的。和他们一起吐槽，老板们都是傻瓜。我很欣赏他们，惊奇于他们在我家的生活状态。这些人都是直肠子，喝的越多，越直爽，也越美好。我经常和小伙伴们一起坐在没有客人的桌上，斜着眼睛打量着他们，噗嗤笑着。我们暗地里给他们取了很多诨名，尤其是收容所的那些小老头。毫无风险，他们听不见的。他们总是一同高声说话，又突然一起收声。他们的不幸都在桌上的酒杯中，只剩摇头和满嘴污言秽语：操，吃屎。我母亲经过时总会念叨两句："这么大把年纪了，您也不知羞，勒鲁瓦老爹。"然后大伙便放声大笑起来。这些小老头都好色得很，总是装作自己要去院子里撒尿的样子，把手放在他们的鸡鸡上，边走边展示。我从小就知道这些老色胚的德行，不用理会他们，但要随时准备躲开，要是……接下来的事，我就不了解了，只能和小伙伴一起脑补。那东西是软是硬，粉红还是灰黑，有没有切掉包皮，没人愿意一探究竟。远远地嘲笑一番也就罢了。对待生病跑去院子里的厕所张着嘴哇哇呕吐的老傻瓜也一样。还有更好笑的。九点左右，酒足饭饱的老家伙们准备离开了。他们随手捞起衣服和布兜，开始拔寨回营。站起身后，一些老人会直立一会，然后颤颤巍巍地朝着门口撞去。另一些人则半天直不起腰，只能盯着地板。还有一些胆大健壮、总是挖苦别人、自信满满、专门找碴的人，如亚历山大，则会突然摔倒在地。他们一个个走过大门，相互之间隔得很开，手臂张开，活像古怪的企鹅。我会继续隔着玻璃看着他们走走停停，看看该往左还是往右，然后呈 Z 字形向前走去，消失在克罗帕尔街的尽头。随后，我和大姐姐莫奈特便开始喝光每个杯底残留的剩酒，五颜六色、略带些许茴香味的那么一指多点儿，用一个酒鬼的啤酒杯接着，这家伙像猪一样把酒舔得一滴不剩。我的父亲收着碟子，用洗碗布拍打着椅子，擦着淌下的酒汁，莫奈特赶忙逃开。而我则踮着脚在那满是棕紫色痕渍交织的地板上跳舞。屋子里的酒香烟气还未消散，人们刚在这里讲述了他们的人生，这些喜欢孩子、抱着我坐在他们膝头上的人，喝多了和小孩无异。

杂货店里已经没有客人了。母亲合上了橱窗上的木制护窗板，用铁条拴住，然后躺到了厨房的椅子里。"那些欠账的人都是狠人，大部分都是流氓。"每天晚上她都说自己干不下去了。她那头火红的发已然散开，在脖子上垂下几缕，红吻牌（rouge Baiser）的唇膏已褪色。她双手交叉地放在满是污渍的罩衣前，罩衣的下摆被粗壮张开的大腿撑得绷起。她累得发疯，气得发狂。"那个臭娘们还没给钱！明天，看我还给不给她东西！让她看看城里那些店会不会让她赊账！她哪次不是装满满一篮子！"她身上满是糖果的甜香、卡顿（Cadum）肥皂的气味和不断搬酒箱蹭上的酸酒气。她身量宽大，将那椅子衬得无比窄小。八十公斤，在药店称的。我觉得她美极了。我向来不屑杂志上那些看起来优雅，头发一丝不苟，腹部毫无赘肉，胸部若隐若现的骨头架子。对我来说，肉体的展示才是美。屁股、奶子、手臂和大腿紧紧包裹在裙子中，随着动作被撩起、挤压，腋下也被撑得快要爆开。坐下的时候，人们可以瞥见她的底裤，通向深渊的秘径。挪开视线。

在她抱怨的时候，父亲则不疾不徐地收拾着桌子。我父亲负责择菜、洗碗，这些事情他做起来更方便，可以在给客人续杯或两局多米诺骨牌的间隙进行。吃饭的时候，不是父亲在讲述咖啡厅里听来的那些故事，就是母亲在抱怨和威胁。晚上，我们也并不孤单，总有一些囊中羞涩又怕被直接拒绝的客人在那哭穷，等着我父母大发善心，好拿上一罐豌豆当晚餐，或是多讨一小杯酒来喝。"你别在那胡扯！我根本不想给他，账本都记满了，他到底什么时候才能给钱！"在我看来，我的父母无所不能，自由自在，比客人们聪明多了。他们总是一口一个"老板，老板娘"。我父母的职业真是不错，在家工作，手边就有面条、卡门贝奶酪和果酱，我总能在饭后舀上几大勺，临睡前还能跑去黑黢黢的店里往荷包里揣上好几块口香糖。他们在家接待客人们，像是过节，热闹欢欣，客人们则付费入场，收银台里塞满了钱。这会儿，钱箱就在桌上摆着，在汤盘和吃剩的面包中间。钱已经被父亲拿出来了，沾了水点着，母亲急着问道："今天赚了多少?"一万五，两万，对我来说，已经很不得了了。"钱不是问题。"父亲将钱塞进他的背带裤之后，就到了我俩的嬉戏时间。无论是打架，梳头，唱歌，挠痒痒，我都很热衷，还总想争个输赢。我会拧他的耳朵、脸颊，捏着他的嘴，给他画上可怕的鬼脸，把自己吓得够呛。"什么感觉都没有，继续！"我会抵着椅子的靠背，用力扯他的小指头，扯得发红，直到指甲破裂发黑。"干得漂亮！"他随意地用手揉了揉，和我一起放声大笑。"爸爸，我们来比赛唱歌吧！"听我声嘶力竭地吼完《一日女王》（Reine d'un jour）中的歌，他便用我的罩衣盖住我的嘴，大喊"叉出去！"[2] 我的母亲则充耳不闻，她将腿摆在我之前坐过的凳子上，要么打着瞌睡，要么吃着糖读《知心》杂志[3]。偶尔会吼上两声："你们俩别瞎闹了！"我总是最疯的那个。整整一晚上，我看着咖啡馆里的游戏，和客人们嬉笑。晚饭之后，我就想三人一起，大闹大笑，手舞足蹈，互挠痒痒，直到脸都笑僵，以此结束今日的盛宴。诚然，我很喜欢那些客人，他们不可或缺，可只有和父亲，这位咖啡厅的老板，这个毫不费力就能赚到钱的男人在一起的时候，我才能百无禁忌地笑闹。

除了在我母亲咆哮的时候。调子越来越高，开始发颤，就像对着月亮的狼嚎。我其实并不太明白母亲的抱怨，反正大概就是怪父亲不求上进。"你总是浪费时间在一些不知所谓的事情上……像个疯婆子……要是我不在，你们就去喝西北风吧……我要去工厂上班，再也不给这些饿死鬼端茶送水了，这些老赖……"像黑暗的世界中闪过几颗流星，钱，鱼贯而入等着服务的傻瓜们，像补内胎的圆橡胶皮一样白得发光的工厂。母亲那有力的声音将生活的奥秘用混杂粗俗的言语告诉了我。我那同样神秘的父亲，低着头。他知道，最后无非就是打几个手势，反手打碎几个盘子，骂几句。她总是说自己太累了。我也觉得她说得有理。突然，一阵喧哗，一阵轮子的摩擦声，最后一趟火车，十点的那趟到站了。我们离火车站很近。"黑母马来了！"每天晚上，他都要重复一遍那个在站台等车的休假大兵的玩笑。到睡觉的时间了。幸福的时刻。在楼梯底下扔下罩衫和裙子，上楼踢掉袜子，进了房间立马换上睡衣。当火车头打着响鼻，摇摇晃晃地狂奔向鲁昂、巴黎那些大城市时，我已钻进了被窝。那匹黑色老母马逐渐化作我眼皮底下的困意光圈。浑浑噩噩中，我听见父亲哼着"当你贫困潦倒，就回到我身边"上楼，母亲在床边换衣服，半身裙、内搭垂落在脚边，背对着我解开紧身搭，然后猛地扯下，穿上睡衣。她走到我的床边，弯下腰，只瞧得见她的胸脯："冷不冷？尿尿了吗？"而父亲则吹着口哨脱下袜子和衬裤。他就穿着白天的衬衫睡觉。关灯之后，我听着他们的呼吸声，在床上翻身声，试着和他们用同样的节奏呼吸。要是我哪天起了个大早，就会溜上他们的床，感受他们的气息，贴在他们的身上。咖啡食品杂货店的家瞬间缩小，成了以被为盖，以温暖肌肤为墙，紧贴着我，保护着我的这小小一方天地。

要是我现在回到顶楼那间房，在他们的被窝里，怕是要引发一场大战。"我怀孕了，见了医生，很快就会过去的。"他们会卷起铺盖把我赶下床："别弄脏了我们床，小娼妇！我们这么辛苦工作就为了你这个荡妇？"那匹黑色的母马，脱缰倒地，四脚朝天，等着宫缩以便吐出那些……"当你贫困潦倒。"

可实际上，她很喜欢听荡妇们的故事。每天下午，在她给人称菜，为人打酒时，她听的都是这些话。我时常钻到收银柜台下面，那里堆着一些尚未打开的箱子，一些旧衣服，要扔的纸箱。门铃响了。我的母亲连忙上前，招呼客人，帮他拿空瓶，赞美几句，让他感到宾至如归。她是个好商人，对待别人总是和蔼可亲，大吼大叫那是留给我和我爸的。"今天天气多好啊。"瓶身相撞，铜砝码已入秤。粗盐袋子里铲盐时粗粝的沙沙声和扁豆袋中顺滑的沙沙声。土豆一个个滚入油袋。这一切都在我的头顶或收银台的另一头有条不紊地进行着。"岩石酒庄的，看着就很丝滑。"鼎沸的人声,圣保兰干酪和拉布拉多咖啡的香气,几只五彩斑斓的苍蝇围着一块干酒渍所发出的嗡嗡声。在橱窗前摆着的一排广口瓶前,像随意地悬挂着一根淡红褐色的灭蝇绳,总能猛地粘住一只苍蝇的翅膀或是腿。对话突然变得小声……

"两个月没见她了。真丢人。上个月,她好像在自己家的地窖中扭断并割开了一只鸭子的脖子,然后把血溅到自己身上,搞得到处都是。"我的母亲吸了口气,压低了声音。或许是疑心我在这。客人将袋子放在地上,我的母亲则胡乱地把收银台上的纸拢在一起。我知道,她们要开始说一个长长的、令人吃惊的恐怖故事了。我有些担心这时会有另一个顾客跑来打断故事的进程。"真是丢人!她都搞不清是谁的,房里有两个人呢!一个是集市上卖盘子的,另一个还不知道是谁……"我在地上的空袋子里摸出了几块糖。日头直射在橱窗上,绿色的塑料广口瓶,赞牌甘草卷糖和棒棒糖,都闪闪发光。红黄两色的流苏交织成股，如同扭曲摆动的千足虫……很难将这些故事的碎片连成线，我被那些让母亲和那位女客人倒吸凉气的暗黑细节搞得晕头转向。"她回来的时候，裙子上沾着淀粉状的污渍，其他的就不提了。"她们终于说出了关键词："荡妇。"一切真相大白。嘴中的糖已经化了，既知真相，我连忙紧闭着嘴巴，生怕弄出一点声音。我等着下文，屏住呼吸。又是一个喜欢露阴的女人，小孩是绝不能听这些的。有两个男人摸了她，在某个房间，或小树林或露天。每人一根指头。想想都腹中发热，沾满糖浆的嘴巴微张……八卦继续，时不时停在一些令人恐惧的地方。"您听说了没，巴雷特家那个姑娘，就是做鸟笼家的那个，有人抓到她在市政厅背后的房间里，听好了，和三个男人一起。"粉色的雾，巨大的手像花一样在两腿之间绽放，花椰菜将她整个包住，而她，在里面，被包裹着，一动不动，愉悦欢欣。收银台摇晃起来。"趁我还记得，这几个瓶子，您还要吗？"她们不会继续这个不可明说、让我心痒难耐的故事了。我的母亲一直陪着这位客人走到街上。留我一人和那些图像，那些如同告解的喃喃细语，那些嬉笑一起，缓缓消失不见。我不禁打了个嗝。听完这些故事后，我抓了一大把粉红糖和薄荷糖，五六颗一起嚼下，用这混合口味的糖液压压惊。那味道逐渐扩散，将我淹没……我有多得很的东西来充饥。杂货店里应有尽有，就是得悄悄地拿。我的母亲肯定是起了疑心的，不过也懒得管。糖果经常这里掉一颗那里落一个。我还会去切黄油块，用刀歪歪斜斜地切几片奶酪，绝不能让人发现指尖上沾着黄色的污渍。就连罐子里装的芥末我也不放过，用木勺使劲舀，任凭那绿潮灼烧我的眼，刺激我的唇。装在金色包装纸里的维昂朵调味肉汁汤块如同高档糖果，咸咸的，灼烧着味蕾。一串串的香蕉堆成了小山……到了冬天，成筐的橙子，它们的香气与墙上的霉味混在一起，耶稣形象的棉花糖，大家都觉得这糖有点硬，在嘴里被嚼碎后相当黏牙。脖子上缠着红丝带的圣诞老人巧克力，被我扭来转去，最后被开膛破肚。我完全抵挡不住糖渍樱桃的诱惑，透明包装袋使其更添魅力。左顾右盼一番，确定没人之后，两三个便落入我的口中。我丝毫不觉得有什么不妥，精心掩饰之后，客人们什么也看不出来。

　　我从未缺衣少食，架子上盒装的、袋装的、散装的食物任我挑选，想拿就拿，想切就切，想吃就吃。我可以在服饰-香水区肆意挥洒，铃兰香水、西普香水都用橡皮筋捆着放在悬在墙上的盒子中，托卡龙大米散粉的包装盖随便开，红吻唇膏也任我拧。还有那糖浆质地的润发油，蓝瓶或黄瓶的罗嘉香水……我从不玩什么商人游戏，因为我想不到有什么需要交换的，我要什么有什么，一概免费，唾手可得。杂货店是我生命中第二重要的地方，仅次于咖啡馆，物资充裕，种类繁多，快乐满屋。

　　百无禁忌。有的那么几条也大多是有客人在的时候。什么进门的时候要打招呼啦，不能被客人发现偷拿口香糖啦。一旦犯了，便等着挨训："你在这干嘛呢？这不是你待的地方！"这都是日常演出，为了安抚客人，让他们知道，商人家的孩子也不能贪嘴……而我则飞快地跑开，手里紧紧攥着一把甘草糖，迅速塞进裙内的底裤中，这是大家唯一不会搜的地方。我想怎样就怎样。父母太忙了。"孩子嘛，就应该玩。"不是自己玩游戏，就是和小伙伴们一起玩……

我经常在院子里的两堆箱子间装播音员，播报卢森堡电台的所有节目。装土豆的袋子是我的幕布，瓶子是我的听众。《一日皇后》，真是太棒了！所有这些不幸，所有那些礼物……我会假装自己是穿着高跟鞋、戴着耳环的速记打字员，那是我的梦想。也会连续好几个小时敲着一个破旧的纸盒。或者，不停踩着爸爸放在墙边的单车，想象着自己之后要去的巴黎、波尔多这些大城市。在存放红酒和开胃酒的地窖中，被瓶瓶罐罐围绕的我变身药剂师。在阁楼中，我这颗冉冉上升的舞蹈新星经常撞在梁上，跌在结实的地面上，在生了锈的镜子前趴着，裙子卷到肚子上面，身下还压着一个被焐热的小红球……

　　一开始和莫奈特这位大姐姐玩，接着和克罗帕尔街区的其他孩子们一起游戏。一般都是从过家家开始。到处寻找破旧的平底锅、破布，用来当床和衣柜的木箱。将几块碎奶酪、葡萄干、牛轧糖、焦糖拼凑几个菜，用破了口的茶托装着。伙伴们欢快的笑闹声，作为咖啡杂货铺女儿的优越感……下午要收拾屋子，我们就玩不成了，总要挣扎一番，来买菜的母亲把自己的女儿，也就是我的小伙伴，一起打包带走，或者在咖啡厅里演上那么一出。"快来看呐，马丁老爹喝醉了，我们可以朝他吐唾沫了！"得意洋洋地带小伙伴们看她们在家看不到的，一起做自己的爸爸喝醉了也不敢对他做的事。躲在储藏室后面，看谁吐得最多，直到马丁老爹跟跟跄跄地离开，他自然是看不到自己羊皮衣上的那些口水印的。我们经常捉弄那些喝醉了的好好先生，时常尖叫着跑过去，全然不怕挨打，要知道，这些好好先生对他们的老婆可是非打即骂："臭娘们，臭婊子，烦不烦！"莫奈特惊慌失色地用手捂住嘴……"你知道那是什么意思吗？说说看，说说看！"我随口胡诌："就是那些未婚生子的女人！"莫奈特摇摇头。用手挡住嘴在我耳边低声说了一些骇人听闻的事情，然后由我转述给其他的女孩。听完后，大家的脸都羞得通红，坐在地上，说着各自知道的那些事儿，那些秘密的故事，令人瞠目的细节，大人们做的那些未曾见过的手势及其隐晦的含义。我们生硬地比画着那些不知所谓的动作，突然间，我抬起手，瞠目结舌地盯着正在炫耀刚刚长出的黑色耻毛的莫奈特，当场石化。"你运气也太好了吧！"夜幕降临，她们一个个离开，要么跟着她们的父亲离开咖啡馆，要么在她们的母亲来拿牛奶和菜时被接回家。漆布包是母亲们的标配。只留我与杂货店墙上的那些商品为伴。当街上基本不再有车经过时，我不是靠在格子柜翻着绘本就是就在喂鸡。幸福的日子。

　　"德妮丝，我不和你玩了。"满头棕色发的莫奈特坐在牛栏的一旁。她正在挑线，然后将线缠到扎着别针的线团上。双膝上铺着羊毛线。她生气了，不愿同我说话。而我则围在她身边打转……她的头发永远那么柔顺光泽、蜷曲蓬松。而我的却像清汤挂面。她朝我吐了吐舌头，发丝轻摇，愈加显得光彩照人，亮得刺眼！这下，我的眼中只剩下那头鬈发，猛地朝她扑了过去。我的手压根握不住，那么多、那么滑，像一群丑陋的小蛇，我揪啊、扯啊，满心喜悦地将它弄得乱七八糟。"你给我等着！"她尖叫起来，双唇张开，却毫无动作。她的额头被扯得青筋爆出，发根处露出一块块头皮。"你的头发可真脏！"然后，我松开大部分头发，只扯住一缕，夺过莫奈特揣在裙子里的剪刀一把剪下。这缕头发静静躺在我的手中，再无生气……"我要告诉你妈！"她边跑边喊。看着她颈间两缕曲发之间的缺口，我得意地喊着："这可得花不少时间才能长齐！你会一直这么丑！"可实际上，我也是色厉内荏。要是母亲或是父亲来了可不得了，我得赶紧躲进厕所。我缓缓将那缕曲发扔进满是屎尿的粪桶里。看着它浸透后，我才松开手，它像一条被切成几段的虫子浮在水上。与此同时，我还得透过厕所门上的菱形纹饰观察着外面的情况，听着如鼓点的心跳，既害怕又满足……她就是来了，也只能在粪坑里找她的头发了……

穿金戴银的周日嵌在平庸的日子里……无论男女，经过十点的弥撒，个个容光焕发，置身于两个垂着头穿着白袍的男孩摇晃出的烟雾中。他们仿佛脚踏祥云，身带双翼。"在教堂里不能闲聊！"我母亲穿着她那套紧身黑色套装，粉红色上衣，喷着香水，美极了！膝盖生疼，大腿酸痛，在教堂里，总是愉悦与痛苦交织，还有那些永远不明其意的圣歌，那么凄婉哀伤，那么单调缓慢。**钉死于十字架上者的伤**……一旦人们张开了嘴，就不会那么快关上了。**刺进……我** [4]……侍香男孩中比较高的那个又来了，他长得和玻璃窗上五颜六色的白袍男女一个样。"好好向慈爱的基督祈祷！"我盯着他，努力回想自己喜欢的那几段关于脏腑、渔夫和果实的祷词。在额头、嘴唇和前胸做动作，我嘲弄地看着那些动作做慢了的人，而我，我知道如何屈膝、如何端坐。遗憾的是，我谁也不认识。我们家的客人们是不来做弥撒的，这个点，咖啡馆肯定已然满座，而我的父亲正在为他们服务，他自然也来不了。偶尔会有几个客人在诸圣节或圣枝主日到教堂祈祷。"你好，妮妮丝妈，妮妮丝，你穿这套礼拜日的正装真是太漂亮了！"确实值得骄傲。她们都没我们好看，莫奈特也不例外。当大伙在唱歌时，我则以瞧着前面众人的脖子为乐，细小的皱纹，金色的毛发，条纹围巾，用发卡别起来的巨大发髻……女人们列队向教堂深处的圣桌走去……回来时每个人都抿着嘴唇，我一直纳闷她们是怎么吞下那白色薄纸而不漏出来的。我和莫奈特有个常玩的游戏，我们会准备一个高脚杯，然后从脏衣服里扒拉出一件睡衣当作长袍，拿面粉当作烟雾……

一出教堂，我们就会朝着甜品店走去。松脆的烤杏仁蛋白酥，一口咬下，里面的奶油便爆入口腔。草莓塔的饼底上堆满了小山一样的草莓，让人如何能忍得住不一口吞下？对甜品的渴望无时无刻不萦绕心间……垂涎欲滴。队列缓慢而出，那高个男孩活像一个圣人。下个礼拜日，我要让妈妈登到更高的地方去，到直面焚香的祷告台那里。我从没有见过比教堂更干净、更漂亮的地方。要是我们能在里面吃饭、睡觉，一直待在那里，甚至在里面尿尿的话……每个人都能有一条宽敞的长凳用来歇息，在走廊里蹬脚踏车，在柱子边玩躲猫猫。还有穿着白袍的姐妹和兄弟们为我们更衣、打饭，与我们同眠……

回克罗帕尔街的路上，我们会穿过店铺林立的主街。那些店铺个个窗明几净，我的母亲径直走了过去，看也没看它们一眼。"他们卖的东西并不比我们好，这些人只想着坑顾客的钱。装腔作势的一群人。"
接着，我们会经过共和街，一排排幽静的别墅，草坪
上什么也没堆。有点凄凉。这里谁也不认识谁。眼前
出现了人行道上的青砖，克罗帕尔街还很远，位于城
市的边缘。渐渐地，低矮的平房，圣拉斐尔[5]、明亮
日蚀[6]和博拓咖啡的广告开始映入眼帘。博拓咖啡是
我父母的竞争对手，已经有喝得醉醺醺的客人从里面
走出来。"到点了！才早上十一点就把客人的钱给弄
到手了！"只有我的父母是正经的商人，本本分分。
我鄙夷地看了一眼博拓咖啡厅那脏兮兮的外墙。我的
父母比他们强多了，他们理性经商，从不劝酒。街道
逐渐活了起来。有需要注意跨过的水沟、用尽全力才
能拧开的水龙头、没有腿的好好先生们、向下拉的百
叶窗，还有摆在地下室门口的炭堆，它们一点点地被
搬上来，穿着天蓝色长裙、手拿祈祷书和戴着白色手
套的我生怕被蹭得一身灰……修自行车的那个人，头
埋在车轮中，看着我们经过。他总是蹲在那里，眼睛

恰好就停在女人裙子的下摆处，手上拿着钳子和扳手。"老色痞！"我的母亲暗暗骂了句。他那蜘蛛般的小眼直勾勾地盯着她丝袜后那条勾勒出线条的黑线。她走开几步，与碰到的熟客拉家常，要是遇到挎包里装的都是我家货品的客人，更是热情。等终于到了家，又开始了日常的接待。"勒叙尔夫人去见了神父，我们一会要告诉老板。"我的母亲很快就给我脱掉了礼拜日的行头。这天第一阶段的庆祝告一段落。

庆祝活动尚未结束。到了中午，从收容院出来的那些小老头，附近牧场里的年轻人，那些周日还开工的工地的工人就都来了。我的父亲不停地开着各式各样的罐头：酸菜、什锦砂锅、猪肉煮扁豆、油渍沙丁鱼，白酒鲭鱼。左扒一下，右扒一下，我用勺子扒拉着从锅里直接捞出来的沾着番茄汁的四季豆，或是一块黏糊糊的内脏，或是半条温热的香肠，玩得不亦乐乎。不管怎样，我最后总会把晚饭吃完，哪怕烤肉和豌豆都被我用叉子捣了个稀巴烂。当母亲把装着甜品的盒子摆上桌时，我依旧会对着东倒西歪、蘸着杏仁粉、带着阿拉伯花纹的摩卡奶油蛋糕流口水。我大口喝着水，拼命把那些烤肉和豌豆都咽下去，为的是能专心享受香气四溢的奶油，不时地吧唧嘴。一个小淘气的脑袋藏在厨房的门洞后。"胃口怎么样？"母亲还会给糕点裹上蛋糕纸。"要让每个人都垂涎欲滴！"这下，吃蛋糕的快乐就翻了倍，因为吃完还能舔一舔沾在蛋糕纸粗绳上的奶油。这些周日的快乐，对于十四五年前的德妮丝·勒叙尔来说，都是惊喜。母亲关上了百叶窗，父亲也和穿着正装的多米诺骨牌牌友们上了桌。我的头发被一个发箍束在头顶，裙子上也还有零星几点污渍。当母亲在梳洗打扮的时候，我就在收拾妥当的院子等她，今天毕竟是周日嘛。不能什么都不干，也不能邋邋遢遢。我沿着墙边单脚跳，听着打牌的那群人大呼小叫。"好家伙！白色！你没有白色，你不会输的！"厨房里播放着体育新闻，一架飞机飞过，母亲把洗漱用过的水泼到院子里。我当时五六岁。德妮丝·勒叙尔从头到脚都洋溢着幸福。杂货店、咖啡馆、我的父亲、母亲，一切都围着我转。仔细一想，我惊讶地发现和克罗帕尔街上的其他女孩相比，我一出生就拥有了这么多，一想起来就觉得不可思议，这为什么呢？我转着圈，天旋地转，墙壁都向我倒来……"注意你的裙子！"母亲拍了拍我的屁股，是时候去找那些赊了好几个月账的邻居了，他们要么疾病缠身，要么缺胳膊断腿。腿脚不便的谢德吕（Chédru）大娘，约拉（Rajol）家的闺女，半身瘫痪，在教会的资助下去了两次卢尔德[7]，还有因为过度肥胖已经很久不见人影的小朗堡（Rambourg）。歪歪斜斜的街道，连人行道都没有，墙角堆满了杂物，晾晒的衣物上还留着泥渍，遍地都是干狗屎，什么形状的都有，还有破碗残盏。"就在那！"我母亲低声道。一切都和做弥撒时一样。"勒叙尔大娘！"这老头激动得都快哭了，随即又笑了起来。"谢德吕大娘怎么样了？""别站在那儿啦！她呀，唉，还是别问好……"

一张大床上，躺着一个女人，面色蜡黄，直勾勾地盯着我们走进来。然后，她张开嘴，气喘吁吁，开怀大笑，一边开着玩笑，一边用手抓着床单。我看见有两颗牙齿挂在她的嘴上，像是在玩抓子游戏。我总觉得她马上就要从床上跳起来，或是要在床上翻跟头，或是钻进被窝里，好让人们去找她，她表现得那么开心。她快速撩起长衫，一个巨大的洞露了出来，黑黢黢的，肉都萎缩了。我的母亲弯下了腰，那老头也是，他马上要拿出一些令人惊恐的物件，一只住在皱褶中的螃蟹，一堆从糖包底部爬出来的蚂蚁。立马，一阵臭屁味飘了出来，还有煮白菜的气味。那老妇有点坐立不安，将长衫撩得更高了些。她的两腿之间有一大片已经干了的尿渍，边缘是更为粉红的图案，那是褪色的刺绣。"好了，孩子妈，会好的！"老头和母亲转过了身。等床单铺好，老妇的手又抓起床单来，双唇翕动。我的母亲忙不迭地从包里拿出咖啡、饼干和苹果酒。笑声又起，老头也笑了起来，他不敢碰那些东西，我的母亲便将东西往他那边推去。"这怎么好意思！"我自忖，这样一来，我们总有权坐一坐，到处参观一下了吧。老头应该正在熨被单，被单还摊在桌子的一角，熨铁搁在咖啡壶旁的炉子上加热。抹布都晾在一根绳子上。他甚至没来得及把夜壶收起来。我们会在他们家吃饭吗？我觉得不会。老头打开碗橱取出几个杯子，里面空空如也，没有糖果，也没有罐头。我非常失望和生气，他们什么都给不了我。"自己去玩！"我的母亲轻声对我说。她和老头聊起了天，那老妇则好像睁着眼睡着了。我很快就晃到了房间的另一头，墙上的两排架子上放满了瓶瓶罐罐，各种大小都有，用来装酒、糖浆或古龙水。瓶口小到我的小拇指头都伸不进去。有带着巨大塞子的扁瓶、细长瓶和放在垫子上的绿瓶。其中一个，差不多是圆形的，越往上瓶颈越宽，瓶口向外翻开。触感冰凉。我擦掉上面的灰尘，往里面吹气，直到里面布满水汽。突然，我感到一阵尿急。不能让人发现。我转过了身，那老妇人用她那双狭长的眼睛盯着我，露出嘴里的那两颗牙，一边摇头一边笑，我听不太清她的话，我猜她含含糊糊地在说："不错，你还挺会玩，挺好。"她是不是猜到了？也许她也曾用瓶子这么玩过，也许她现在也想玩。牙齿在打架，舌头摆在中间……手里拿着瓶子的我有点惴惴不安，兴许那老妇人什么都明白。不知怎么回事，那瓶子突然就碎了，碎片散落在老人的雕花椅旁……我的母亲急忙起身，怒发冲冠，开始收拾残局。"没事，小心别踩着了，这瓶子本来是放在梳妆柜上的，我们把它卖了。"老妇挣扎着要起身，她希望我们能把这瓶子给补好，但是没人听她的。"我要尿尿！"母亲忙问厕所在哪儿。去院子里或者在房间的夜壶里解决。老妇摇着头看我走了出去。一到门外，我就不想尿了。院子里竖着几个养兔子的铁丝笼。另一面墙边堆着一堆柴火。墙边还长着一棵梨树，上面稀稀拉拉地结着三五个梨子。我被关在这个小小的院子里，耳边听着母亲和老头忽高忽低的对谈声，还有那老妇的铃铛……这和咖啡馆里的欢乐祥和大相径庭。这个时候，他应该在牌桌上大杀四方。我在考虑要不要爬上那个柴堆。谢德吕老爹和大娘只有一个房间，我的母亲不图回报地给他们带了那么多吃的。我们比他们过得好。他们的碗橱里什么都没有。那么脏！看得出来，母亲的到访让那老头非常开心。他不停地说着，她一一听着，极其耐心。我很开心。我人虽然在这里，但我还是德妮丝·勒叙尔。我无法想象我是德妮丝·谢德吕，站在那堆瓶瓶罐罐里，生活在屎尿中。要是我偷拿一个梨，那老头会说什么？什么也不会说，他不敢，毕竟我们给他们带了那么多东西。我用手按了下，梨还很硬，可当我用指甲刮掉它一块皮时，还是有汁水溢了出来。反正，这老头肯定会给我的，毕竟他只有这点东西。一口咬下去。口感清脆，我强忍着没一口把它吞下去。梨子很硬，也很酸。他肯定会给我的，我这不算偷。这梨子也算是天生天养的。和我母亲给他们带的咖啡和烧酒相比，几个梨子不值一提。口中的那块梨，比我想象的要苦得多。那只正当中被咬了一口的梨悬在那里。他会认为是乌鸦干的。不过，那圈牙印那么明显，还是该一口吞下的。算了，这样也不赖，也该让他们学会怎么招待客人。

我们慢慢走回勒叙尔咖啡杂货店，一到克罗帕尔街就能看到它那黄色的主体部分，然后咖啡两字逐渐清晰，变大，被大门分成两部分。一路上，我向妈妈提了好多问题。谢德吕一家是干嘛的，为什么会住在那里？"都是邻居，连苍蝇都不忍伤害的好人。他们也曾是我们家的常客，当她脑子还清楚，腿还好好的时候。周日，他们总会买好几瓶葡萄酒，还有螃蟹。现在就不行了，只能买点咸牛肉、波尔-萨鲁奶酪。人生无常，难免发生这种事，不能因此轻视他们。"我的母亲走得很快，她的谈兴很高，心情应该是不错的。"是他们养活了我们，你懂吗？他们从不到其他店里去，只在我们家买。"这下，我也对谢德吕一家，那残缺的大腿有了好的印象，就像打开了装着五颜六色糖果的贝壳糖。当我在梨树下吐梨籽玩时，正好有一片云飘了过来。我在院子里施施然转了几圈，把果核从缝隙塞进了兔笼里。

周日，半身瘫痪的约拉大多与塑料假花为伍。在饭厅的桌子上，摆放着象征卢尔德的树皮、一个在夜间还挺瘆人的发光圣母像和另一个装满圣水的圣母像。我的母亲会把自己读过的《知心》杂志拿给她。约拉大娘没了大拇指。她一直在说她另外一个与结核病患者结婚的女儿，担心这个病会传染给他们的孩子。周末的悲情故事，各有各的不幸，漂亮的彩图……"咯血，咳得整块手帕上都是，亲眼所见，夫人，亲眼所见，对着这半截手指，我发誓，他的脸色真的和锅底一样绿得发黑。"这种悲剧不会发生在我身上，它们离我十万八千里，病痛只会降临在命该如此的那些人身上。他们只买得起五十法郎的肉酱，我的母亲会给他们免单，她坚持如此，尤其碰到那些在寒冬里光着脚、流着鼻涕的老人时。这不是他们的错。也不是我们的。命该如此。当时的我是那么幸福。春天的周日，一切都发着光，阳光下晾晒在绳子上的衣物，咕咕叫的母鸡。几年后，在学校里，那傻瓜老妇总念叨什么："别写我们在某天，大错特错！"可我就是活脱脱的在礼拜日，穿着我不能弄脏的裙子，嘴里含着奶油和圣体饼。我爱礼拜日的一切，油浸沙丁鱼，跟着母亲去拜访那些又老又丑的人，科里巴克人和克努米尔人[8]，她特别喜欢这种拜访。一切都是那么美好。

今天，她肯定也去参加弥撒了，她会为我的课业祈祷。她肯定想不到要祈求她的女儿，她的独生女，不要未婚先孕。也许她想到了呢，她是那么害怕灾祸。那些老头子，穿着便鞋的良家妇女们，肯定一大早就来买东西了。拉尼耶（Lanier）老爹，哪怕领了工资，他还是会赊酒馆的钱。什么也做不了，现在，一想到这些就令我反胃，这些人，这些客人。我和他们已经不再属于同一个圈子，与他们毫无共同点。可是，直到七八岁上下，我还和那些穿着罩衫到店里买菜，用五个手指去触碰挑选卡门贝干酪的女人一样，是个言语粗俗、举止粗鲁的小姑娘，毫无羞耻心，可以当着他们的面蹲着撒尿……妮妮丝·勒叙尔，与熏香、嚼烟和夏天在地窖里慢慢变软的西红柿一起长大……就像刚出生的小猫，瞪着眼打量着这个世界，一切都是那么新奇。就算现在的我一想起这些我曾经喜欢、曾经欣赏的东西就反感，但也不得不承认那个世界曾经存在过。它就在饥饿与口渴、抚摸和撕裂这些林林总总的欲望碎片中，被一根坚韧的线——那个絮絮叨叨的我——德妮丝·勒叙尔串起来……我常和莫奈特一起在我家店前冰封的河上滑冰，两人总摔到一起。原本口干舌燥，想来杯石榴汁的我们，却意外尝到了从屋顶掉下来的大块冰制棒棒糖中蕴含的绝佳的冬天味道。鼻子上架着一副破烂的太阳镜，看着好好先生们蹒跚走进那让人眼前发黑的热浪，黑的地，白的头。双腿交叠的姿势非常难受，可要想躺在帐篷下，就必须这样，毕竟它就是用几个柳条筐和一床破被子搭成的。苍蝇缓缓爬进酒瓶，淹死在瓶底。有时候，我会用玻璃杯困住几只马蜂，看着它们摆着阿拉贝斯克式的舞姿慢慢窒息。接下来，秋天里扎脖子的围巾、裹脚的袜子，还有夜空中的晚霞。"翻绳翻快点！一！二……""我的老公会有什么毛病？""酒鬼、跛子、赖头、流鼻涕！"绳子仍在呜呜作响。"还是归我跳，姑娘们。""一二三，上高山，四五六，翻跟头。"回到咖啡馆的时候，衣服都黏在身上，痒得我难受。我迫不及待地扯下外套，脱掉鞋子，随手一扔。无法无天的女儿，径直朝着父亲盘中当作夜宵的鲱鱼奔去。丁香、洋葱的调味刺激着味蕾，入口即化，还有点酸……"姑娘，放下！""再给我一小块嘛！"笑闹中，我抢了块醇厚易碎的鱼白在手心里，上面还裹着一层粉色的网膜……然后，我会将杯中的冷咖啡浇在上面，咖啡上凝结着一层可以用勺尖挑起来的纸一样的膜。周六晚上的梳洗是一周中最隆重的。夏天，我会在阁楼梳洗，听着楼下咖啡馆里的吵闹喧嚣，周六是发薪日。冬天则是在楼梯下放厨具的储藏室，站在装着肥皂水的盆子旁边，擦身、刷牙、洗下体，用的都是同一盆水，没有冲洗一说。到下周一，我的母亲还会用这盆水来擦瓷砖，因为水里有肥皂。我在厨具前擦干身子，双脚踩在放抹布的抽屉中。"穿着睡衣的妮妮丝"，门外的客人说道。实际上，我用帘子把前后都围得严严实实，除了尿盆的形状，别人应该什么也看不见。每周六看着他们紫胀的脸，听着他们的嬉笑，我就觉得自己又长大了一点。再快点！**王宫街是一个美丽的街区，所有的女孩都到了适婚年龄，德妮丝小姐是让-皮埃尔先生钟爱的女孩，他想娶她。**金色的头发，玫瑰色的脸颊，像一个十岁的塑料娃娃，整场弥撒一动不动，他的母亲在出口喊出了他的名字……年轻的媳妇是不敢到咖啡馆来喝开胃酒的，勒迪克（Leduc）家的女儿，马丁老爹的女儿，这两个圣女般的女孩惊叫着跳了起来，一个小宝贝打翻了一杯黑加仑酒，都泼在了她们的裙子上。领完圣体后，这些高挑纤细的姑娘，就是人们口中的小媳妇，带着她们藏在上衣里的两个软球，和她们的父母们一起到我们家的咖啡馆来结束一日的庆典。我观察着，因为过度工作而发青的脸、廉价的西迪（Sidis）牌毛毯、醉酒的苍蝇、烤炉上烧焦的熏咸鲱鱼、神秘又神圣的毛发……我什么都想摸一下，将手掌放在奶酪上，用手去碰已经放了五天、黏糊糊的肥皂水，用手指沾果酱……我的身体就像一辆自行车，活力无限，大腿和小腿肚子仿佛是两个由我手工编织的坚实绳结。无与伦比的幸福。勒叙尔先生和夫人，克罗帕尔街的零售商。德妮丝，他们的独生女。我怎么可能想到自己会沦落至此？当我对着酒窖里的镜子看着自己的下体，因想象中的目光而欲火焚身时，我丝毫没有料到最后会变成这样。吐，呕吐，为了忘掉。在我身体里，我的肚子里，逐渐消失的生命。什么时候，以什么样的方式。我喃喃自问。没有答案。

那是在一场慈善义卖集会上，看完表演后，我们给了一大笔钱。我不理解自己的爸爸妈妈为什么要这么做。一个女人跳着舞，笑靥如花，突然，她跳进了一个盒子里。几个男人拉上帘子，然后将刀插进盒子。到了最后，盒子活像一个插满了针的针垫。我甚至不记得那个女人最后是否从里面出来了。那些刀插在一起，有的直插在肚子上，有的斜插在腰上，刀尖都交汇在下半身。在回克罗帕尔街的路上，我被吓得够呛，父母紧紧牵着我的手。"那都是在演戏，别怕……"我看着父亲沾满草的大皮鞋与我的齐头并进，母亲穿着她那身漂亮的蓝色条纹裙，我紧紧依偎着她。五六岁的时候，我是那么爱他们，那么信任他们。老天爷，从什么时候开始，从哪一天开始，墙上的油漆变得那么丑陋，夜壶变得那么难闻，那些好好先生变成了醉醺醺、衰弱的酒鬼……什么时候开始，我变得那么害怕与他们一样，和我的父母一样……非一日之寒，并没有什么大的分歧……睁开的双眼……愚蠢不堪。那个世界不是在某一天突然就不属于我了。积年之怨使我开始对着镜子里的自己大喊，开始变得无法直视他们，他们最终失去了我……非一日之功。究竟是谁之过？其实，一切并不总是那么黑暗，时常也有快乐的时候，是它们拯救了我。毫无廉耻心的我。

例如，教会学校。学校和教堂一样，都是发光的词汇，我的父亲说起这两个词时用的是同一种语气。跨坐在咖啡店的椅子上，我怂恿他跳《来吧，宝贝儿！》，那是他唯一会跳的曲子。突然，他停了下来，非常严肃地对我说："你马上要上学了！坐要有坐相，要学会好好说话！那可是教会学校，懂吗？"他怕我什么都学不会，什么都不懂……"你肯定会被罚！"可我丝毫不惧。我知道需要准备什么，皮质书包、石板和铅笔，都是最好的。"别把东西借给别人，这些都很贵"或"别脱掉背心，你会搞丢的"。爸爸把我放在自行车的横杠上，背带裤上套着短上衣，腿上还绑着橡皮筋。我们走进一个红白砖铺成的长廊，里面有很多房间。学校里一个人也没有，我的父亲并不知道要往哪里走，很是沮丧。我们只得走出学校，来得太早了。等其他学生来了之后，我们总算是找到了正确的房间。那会儿正是复活节假期后的开学日，大伙全是老生。随后，我和其他的女生们一起到了操场。她们想带着我一起玩游戏，可我兴致缺缺，我还背着书包、笔架和海绵。玩的也不是什么正儿八经的游戏，就是一群人在院子里瞎跑，她们相互追逐，去抓别人的后背，哼着歌转身。没有可以玩捉迷藏的角落，也没有能用来搭房子的木箱，没法玩过家家或播音游戏。她们既不会打屁股，也不会揪头发。有几个甚至在罩衫上系着十字架。愚蠢的游戏，无聊的对话，一惊一乍地，什么我抓到你了，到我了，抓到了，周而复始。铃声一响，立马鸦雀无声，好像所有人已经躺下准备睡觉一样，刚刚还在疯跑的女孩们变得无精打采，个个闭上嘴去排队。只有我一个人站在那里，刚刚还热闹非凡的操场，突然就变成了一摊沙地。老天爷，又要再来一遍！当老师问"新同学，您叫什么名字？"的时候，所有的女孩都微笑着看我。德妮丝·勒叙尔这个名字好像突然变得与我无关，就算我说自己叫莫奈特·马丁或妮科尔·达尔布瓦（Nicole Darbois）也没差别。反正，我觉得她也不在乎。再向她重复一次就行。

堕胎医生没有问我的名字。我本来已经准备好一个假名。这一下就让我想起了小学的经历。去教会学校读书这事看起来无可指责，也并不重要。"我们把她送去教会学校吧，她在那儿能学得更多，那里的孩子都更有教养。"更有教养的我却毫不迟疑地张开了双腿。这就是教会学校的良好教育。莫奈特那时已经去社区小学上学了，我的母亲是这么和顾客们解释的："不是为了别的什么，完全是因为教会学校比社区学校要近些，接送起来更方便，我们实在太忙了。"

我从没哭闹过，入学的头几天也没觉得有什么不开心的。一切都是陌生的，仅此而已。爸爸和妈妈的担心，那些谎言，我知道它们并没有消失，不过，他们也没那么多时间管我。四点半，爸爸会骑着车到学校接我。人们总说学校里缺乏自由，不能随心所欲，起立、坐下、唱歌，但这些并不让我反感。相反，我一直都像人们说的那样勤奋好学。一入校，我就尽我所能地按老师的要求做，练字、数数、背单词，也尽量低调。从没有想过要逃课，甚至不会在打铃时在操场上多赖一会儿。那样做的那些女同学，我总是希望她们会因此受罚。更没有想过要逃学。不过，总有一种奇怪的、不可名状的异乡之感。一切都和勒叙尔咖啡杂货店、我的父母、院子里的玩伴大相径庭。偶尔，我也能从中找到似曾相识之处，比如穿着蓝色工装和脏兮兮外套的园丁，在食堂附近闻到的鲱鱼味道，或者某个词，但是这种情况非常少见。这熟悉的感觉也并不真切，毕竟，这是学校的园丁、学校的鲱鱼。连语言都不同。女老师说话的时候慢条斯理，用的都是很长的单词，她永远不急不忙，热衷闲聊，和我的母亲完全不同。"请把衣服挂在衣钩上。"而我的母亲看见我从外面回来时只会大吼："别把你的外套弄皱了，谁给你收拾？注意你的保暖袜！"泾渭分明的两个世界。连说话的方式都不相同。在我们家，没人会说衣钩这个词，服装一词也只在去"服装大世界"这样的大商场时才会被提及。可这名字和"勒叙尔"一样，是个专有名词，我们去那儿买的也不是"服装"，而是衣服、外套、穿的。这比外语还让人沮丧，毕竟不懂土耳其语或是德语，不懂就不懂吧，没什么好慌的。可在学校里，女老师说的话我大约都能听懂，可我自己不会那么说，我的父母也不会，我从没听过他们这样说话就是最好的证明。这里的人完全不一样。这种不自在，这种冲击，老师们说的话——无论关于什么的，我听到的，我看到的，都轻飘飘的、无形无状、没有温度，却那样锋利。真正的语言，是我在家里听到的那些：酒、肉、吃瘪、坏家伙、小乖乖、打个招呼。都是些触手可及、举目可见的东西：叫喊声、鬼脸、倒掉的瓶子。而老师们一直在说的那些东西在我的生活中并不存在，什么门扉、什么通风口，我花了整整十年的时间才弄明白这些词到底指的是什么。羊圈由牧羊人把守，阿佐尔（Azor）在看家护院，笑话，益智游戏。班上的女孩们用手指着字母，齐声重复着"p-a，爬，p-e，陪"，看着就让我想笑。学校就是重复、写出和收集这些符号的地方？那我们家的咖啡杂货店可比学校靠谱多了！和家里比起来，学校就是个看起来具有连贯性、趣味性、一切都有条不紊的地方。轮到老师来表演电台节目。她绘声绘色地讲着故事，龇牙咧嘴地装大灰狼。所有人都在笑，我也努力陪着笑。我对会说话的牲畜向来不是很感冒。我觉得她给我们讲这些蠢话时完全没考虑过我们。她那么灵活地跳上椅子，让我越发觉得她有些傻，蠢到以为给我们讲几条狗和几只羊的故事就够了。不过，我身边的女孩们都做出一副乐在其中的样子，我的同桌就是其中之一，她本就是那种每隔五分钟就会转头和人说笑的性格，这会听老师讲故事，立马故态复萌。我总想和大家一样，便有样学样。而现在，没有可以模仿的对象，什么都没有，这才让人恐惧。所有的人都在表演。老师说："快穿上衣服，马上到点了。"然后我们便叠着手坐着，等待铃响。纯属浪费时间，我们本可以在操场上等，或者压根儿就不用等。我们在桌子下用脚踢着地，说着悄悄话，装作一点也不无聊的样子。直到远处角落里那个毫不起眼、偶尔叮咚的铃响了，那声音比杂货店的门铃大不了多少。后者一般随着客人的到来响起，意味着客人来买东西了，有钱进账了。学校的铃虽然有点怪，所发出的叮咚声却意味着快乐。

在学校的时候，我不吃也不喝，因为上厕所是件非常麻烦的事。要去老师的办公室打报告，都快要尿出来了，还得问"我能不能出去"而不是"我能不能去厕所"。决不能让人知道你想吃块香肠，喝点石榴汁，或是下体已经痒到恨不得把整个手伸进去挠。"弗朗索瓦尿裤子了！"皮埃雷特捡铅笔时发现的。一阵"哦""啊"，惊恐摇摆的手。老师把弗朗索瓦从凳子上拉了起来。她的身上有一大片牛奶咖啡的污渍，已然半干。尖叫，哭泣，老师拖着垂着头的弗朗索瓦径直朝着洗手间奔去。直到打铃，她一直都拿着手绢低声呜咽着。要这事也发生在我身上，要我也不敢问……怎么也要忍到课间。于是，到了点，大家都想着同一件事。十几个大大小小的女孩挤在五个厕所门前，看谁能先进去。一开始，我还以为她们是装的，大伙怎么可能同时想尿尿呢？于是，我说了声："我要上厕所。"便一把推开那些女生。她们笑了起来，当我试图从她们的裙摆之间钻过去的时候，一个女孩喊了起来："来了个蠢货！"我正肚子疼，满脑子都是父母院子里的厕所。这时我才明白，那些女孩真的是在排队，于是我也乖乖排队去了。整个课间都在排队上厕所……女孩们扭动着身子，使劲憋着。等我终于进了厕所，不由得一阵恶心。到处都是水渍、尿渍，墙上布满了褐色的划痕，白色的坐便器汩汩作响，边上都是干的屎。冰凉的大腿搁在边上，双足涉水而行，空气中满是屎尿的味道。还有人不耐烦地敲着厕所的门。在家时，当太阳照进菱形窗，蜘蛛网变得亮晶晶的时候，厕所里散发的是钉在墙上的报纸和逐渐升温的尿液的气味。尿意全无。

两个世界。比较是从什么时候开始的？还没，不是头几年。宽阔而萧瑟的操场旁边栽满了椴树，中间竖着一个秋千，一根绳。每人一次。我不是那块料。一个女孩语气不善地对我说："你没穿短裤！"她怕是钻进了我裤裆里。万事都逃不过她们的法眼。黑板、运算、词汇……杂货店后院里散发香气的木箱和纸箱，门口摆放的黄色广口瓶。父母的声音，不用想就能理解的词汇，简短粗俗的句子：已经在吃草根⁹

的老马丁，别忘了吃饭，你先请，最后一战，再见或一会儿见……一切都在我体内，轰轰作响，暖人心脾。从父亲自行车上跳下来的那一刻起，从进到家里的铺子开始，那些事，那些人，那些语言便重新包裹住我。灰砖上的奶痕，如蛇一般蜿蜒。"勒叙尔大婶，给我满满倒上两杯！那女人，她真是让人烦透了！"夹着黑萝卜辣得人流眼泪的面包片，颗粒状的肉酱，咖啡店门口晒着太阳的大腿。"妮妮丝，快把裙子放下来，大家全都看见了！"这一切都让我丝滑地从一个世界过渡到另一个。没有什么让人惊讶的。

不，没有这么顺利，我当时常将这两个世界混淆，尤其是一开始的时候，这种情况持续了多少年来着？小学一年级，那个总是撇着嘴的女老师，小学二年级，那个总喜欢检查我们的手是否乖乖地放在桌下的老奥班（Aubin）……

我总会迟到个五分钟、十分钟。要么是母亲忘记叫醒我，要么是早餐还没好，或是袜子该补了，扣子该缝了："你可不能这么出门！"父亲骑着自行车全力冲刺，太迟了，已经打铃了。我只得敲门，去老师的办公室向她屈膝行礼。"德妮丝·勒叙尔，出去！"我面不改色地走了出去。重新进来，屈膝行礼。她有些咬牙切齿："出去，我们不能这么进教室！"再出去。这一次，我不再屈膝。女孩们都笑了起来。我已经记不清她让我这样进出了多少次。我疑惑不解地一遍遍从她身前走过。最终，她抿着嘴唇从椅子上站了起来，说道："这里不是菜市场，想来就来，想走就走！迟到的时候，我们要向这里最重要的人道歉。何况，您还总是迟到。"全班都笑了起来。我羞恼异常，折腾半天就是为了这种事，真是毫无意义，而且，我根本就不懂这一套！"我不知道该这样做，小姐！""您应该知道的！"怎么知道？我家从没人告诉过我这些。所有人都是想来就来，到咖啡店来可不存在什么迟不迟到！我们家大概就是个菜场吧！我心头一紧，却并不了解原因。学校这个本来无伤大雅、并不真实的游戏变得复杂起来。课桌变得坚硬硌人、炉子也变得烟味呛人，一切突然变得那样沉重，套上了一层厚厚的边框。老师坐了下来，笑着指着我说："小姑娘，看来您心高气傲得很，您就是不想和我打招呼，对不对？"她疯了，在那胡诌一通，搞得我什么话也说不出来。之后，我每次都会解释我为什么会迟到：纽扣啦，没做好的早餐啦，早上送货的来了啦，而且，我回回都会记得向她问好。她通常只是叹气，一言不发。一天，她终于爆发了："您的母亲怎么中午收拾房间？每天都这样吗？""看情况，有时候下午才收拾，有时候根本就不收拾，她没时间。"我尽量回忆。"您是在嘲笑我们吗？您真觉得您的故事很精彩？"还是我的同桌告诉我，应该早上铺床。天呐，还每天都要铺。"你肯定是生活在一个古怪的家里！"其他的女孩们也转过身来，窃窃私语。那些哈哈大笑，那些幸福时光，突然像隔夜的牛奶一样变了质，我发现，我和别人不一样……我不愿相信这点，为什么我和她们不一样，我如鲠在喉，泪盈于睫。这和以前不同。这是羞耻。我在学校学会了这个词，并深切尝到了它的滋味。自然还有一些我没有体会到、不曾放在心上的。虽然我一开始就发现了这里与家里不一样，老师的说话方式也和父母不同，但是我还是表现得和在家里一样，一开始，我就全都弄混了。这里不是菜市场，勒叙尔小姐！您不知道……要学会……您知道……实际上，我能感到，是她错了。她一直没搞清状况。而且，当她说"您的爸爸妈妈会允许您不敲门就进门？"的时候，我总觉得她在和陌生人对话，对着我身后的影子说话。要是我的父母和那影子一样，那倒好办。可问题就在于，两者风马牛不相及……这个女老师真的总是想岔了。

人们从不讨论这些，羞耻、羞辱，这些恶毒的话让人感到痛苦，尤其当我们还是孩子时。等成了女大学生……他们就嘲笑我和我的父母。羞辱。它不仅仅来自一年级的那个女老师，那个贱人，她的手修长白皙，没拿粉笔时也仿佛拿着一般，总是把玩着一支金笔。还来自女同学们……"你爸爸是做什么的？杂货商？好棒呀！你总有糖果吃吧！"一开始，她们是那么热情和温柔，我是那么自豪，那么开心，哪里想得到这些。突然间，话锋一转，暴风骤雨般的恶语向我袭来，令我羞愧不已。"还开了家咖啡店？那肯定有喝醉的家伙喽？真让人恶心！"我的错，我应该见好就收，可我怎么知道会变成那样？"在克罗帕尔街？那是哪儿？不在市中心？所以就是个小店喽！"直到回到教室，我满脑子还是这些。我紧紧盯着那个羞辱我的女孩让娜，她就坐在我的前面，笑容满面。她的牙齿很宽，舌头很长，笑起来的时候都快掉出来了。木已成舟，我已无能为力。让娜的父亲是市中心的眼镜商，母亲无需工作，家里有一辆很气派的黑色轿车。我对这些倒并不上心，这又不是我的错。她坐在第一排，没穿罩衫，从后面，我能看到她手臂上像两朵花一样的泡泡袖和头上分开两条黑亮麻花辫的发缝。她举起手，开始讲故事，逗得老师笑容满面。她压根儿就没有把对我说的那些话当回事，毫无愧疚之情。"老师，昨天，我爸爸……"老师对她的故事很感兴趣。全班都知道让娜的父母和她的故事。我明白，我的父母和她们的不一样，最好别提，老师会说"低俗"。"昨天晚上，勒迪克老爹喝得烂醉，倒在人行道上，睡在酒瓶上。"老师听得目瞪口呆，其实我本来还准备说"是我妈妈付的清洁费，他吐得到处都是。"可她立马换了话题，我的生活对老师来说毫无吸引力。格调？导管、肚子，没有什么变化，依旧低俗。终究还是勒叙尔家的人。

相比于教会学校其他女生的从容自在，我深感自己笨拙滞涩。我脱掉了母亲四月份还非让我穿在身上的背心，自以为这样就能摆脱那份沉重和臃肿。可与让娜一比，我依旧相形见绌。她身上有太多我没有的东西，那份优雅，那些无影无形、与生俱来的东西，那金光闪闪的玳瑁眼镜店，粉红的眼镜架，客厅和保姆。我并不是在和她攀比。我认为，她的轻视与嘲笑是一种天赋，与那两边有着绿植门厅的店铺毫不相关。这才是让人恐惧的地方，当时的我认为一切已是定数。德妮丝·勒叙尔，和她比起来，一文不值，本在咖啡杂货店称王称霸的我，在这里什么都不是。我也想自己是让娜或是之后那些看不起我、高高在上的人。比如，罗丝琳娜，一个近郊大农场主的女儿。有一次，她让我整个课间都帮她拎着一个装满糕点的袋子，最后却连蛋糕屑都没给我留一点。她一块接着一块地吃着，外套上落满了糖霜，满嘴都是奶油，直到吞下最后一口。我一直盯着她本应该给我的那块。铃声一响，她抖了抖衣服，抹了把嘴就走了。贱人！你和你的蛋糕都吃屎去吧！她有一头长长的金发，黑得发亮的皮靴。她的爸爸是市镇的市长，一家都住在市政府里。我也只配替她提提袋子。就是从那个时候开始，我不再是德妮丝·勒叙尔。所有的人都为了她们而活，她们听课、写字、不急不忙地去洗手间，而我，我看着她们听课、写字、去洗手间。一进教室，我便什么都不是，只是她们闭眼时，落在眼皮间的一堆灰色圆点。我把自己真实的生活留在了门外，在学校这个世界，我无所适从。对那么多的羞辱和那些幸福的人们，我自有我的报复之法：剪辫子、踩花外套、捏一把生殖器。慢慢地，我开始耽于幻想。想象着将她们的言行映入脑海之后就能变得和她们一样……是的，无论如何，我，那个蜷缩在课桌上，低俗、丑陋的德妮丝·勒叙尔，整天被老师和同学们呼来喝去的勒叙尔，也许也能变成罗丝琳娜。"德妮丝·勒叙尔！到黑板前来！""德妮丝·勒叙尔！酸酸果儿！"

可惜，我始终和她们不同。让娜已经嫁给了勒阿弗尔的一个大药商，罗丝琳娜则每周都会跑到舞会上去物色老公。她们都没有没落到躺在堕胎医生家的地步。可不管怎样，我都曾赢过她们，嘲笑过她们。她们都只念到小学，四年级时就已完全不是我的对手。

她们曾让我蒙羞，当着我的面讽刺我家的店，还有很多她们甚至都没有意识到的事情，比如她们走路的姿势，她们口中的"哦，我亲爱的！"那个和那群令人憎恶的女老师。神父，可不能忘了他，多亏了他，我彻底地从克罗帕尔街的幸福中惊醒。忏悔！老师给我们发了卷子："你们有一个小时来陈述自己的罪过和所有曾经犯过的错。教理问答书后面有一份问卷。"那是一个冬日或者春日。弗朗索瓦是我的同桌。都是些艰深难懂的问题。"您是否曾骄傲自满？""多少次？"我看着学校的操场、廊柱，散发着灰盐清爽气息的店铺、莫奈特黑色的辫子。骄傲这个词像一条飞舞在阳光下的丝带。从没有过。可后面还有个括号（您确定您比其他人都强吗？）。长大的我，超过了所有人，俯视着整个班级……我确实经常感到骄傲。曾经……曾经……我全都犯过。单子很长。十几个德妮丝·勒叙尔落在我身旁，干瘪的、被埋葬的。我开心地写着。偷过糖、躲过懒、不听话、摸过不该摸的地方，这都是罪，记忆里处处都有错。好在忏悔之后，一切归零。"8个"，弗朗索瓦叹了口气。我有点焦虑"17个！"8比17……没办法，我并不喜欢上帝，也不尊敬父母，这都需要坦白。唯一能做的，就是把两个并成一条。拿着那张纸的我们列队站在小教堂中。空气中弥漫着所有女孩的罪过、笑话、焚香和摇晃的长凳，比起加减法和语法课，这简直就是过节。女孩们紧挨着对方，裙摆压在对方的屁股下，混为一体，几无差别。一个接着一个，她们消失在那有两个入口的木质房间里，啪，一扇窗打开，然后另一扇。没有我印象中那丑陋的帘子。

我只看到了一双冰冷的蓝眼睛和窗栅栏后的绿色刺绣。我沉着地把所有答案都念了一遍，折起了纸，看着他。有一个问题引起了他的兴趣。多少次，一个人？还是和男孩们一起？我冷静地回答，但是他的眼神不善。突然，他开始以极快的速度念起一堆干巴巴的东西。有个可怕的怪兽正在我的腿间生长，像臭虫一样扁平通红,"淫邪的"。别看它,别摸它,别让其他人看到它,里面藏着恶魔,骚动着,让我发痒。上帝,圣母,还有圣人们都将弃我而去……"去忏悔祷告!"当我重新站起来的时候,惊惧不已,赶紧跑得远远地跪了下来。我坚信他会一直那样盯着我,把我的罪过告诉所有人。我本以为我可以把这些罪过一次性兜售出去,然后它们就会像竹筒倒豆子一样消失不见,可没想到,他竟管起了这等闲事,那位神父先生,他竟为此从头到脚把我评判了一遍。从那个小房间里出来之后,我变得肮脏又孤立。除了我以外,没人用手指去摸自己的下体,没有人用镜子去看,也没有人想和别人一起尿尿。只有我。我的身后,全班都在交头接耳,肆无忌惮,毫无罪恶感。要是她们和我一样,也不至于说得这么大声。我毫无办法,已被驱逐,因为那"淫邪"之物与大家隔离。几句话,神秘的图片,在大腿上蜿蜒而上的奇异花朵,双手紧握,迫不及待,在木箱后与莫奈特进行探索和比较,短裤都扔在外头，没了，只是一个可怕的手势，几个"不道德"的动作，一点点不纯洁的思想。不过就是一个明亮而幸福的角落。恶魔就在我体内，如影随形。也许，要是我能一动不动地待在这里，在白色的雕像前跪着祈祷，我就能变得纯洁，披上他们所说的白色长袍，成为一个漂亮的雕塑。但是，我终将离开，罪过也会像一斗子跳蚤一样重新跳回我的身上。我感到一切都是定数，我的人生满是罪孽，没有被解救的可能。罪人，罪人！这些罪过都模糊地和店里满是罐头的货架，周六晚上的烟熏火燎和喧哗嬉闹，晚上在厨房里肆意放屁、骂人、温暖丰腴的母亲相联。在我家，我可以任意从瓶瓶罐罐里舀果酱，肆意逗弄那些老酒鬼们，想说什么说什么，方言和俚语张口就来。我的行为举止也没有与酒杯中那鲜红液体所散发的甜蜜气味和多米诺骨牌玩家的笑声格格不入。我活在一个美好的统一体中。然后，所有的符号、傻笑，不，所有和我的世界相关的东西在学校都没有市场。

迟到、欲望、日常语言都不被允许。高高在上的神父……圣母、圣人们、深受爱戴的教会，一个个都跑来对我的思想，对我在皮尔酒（Byrrh）和红酒瓶中所产生的模糊欲念定罪。我无法将我所做的坏事与我的出身分开。教会将它们打包捆绑在了一起。十点的黑母马到了，累得直不起腰的母亲，吃过晚饭取出假牙的父亲，还有那些我自以为无邪的快乐。上帝，上帝对让娜微笑，对罗丝琳娜微笑，在她们如她们所说的白色房间和挂着提花布窗帘的饭厅里，她们的贪吃和懒惰都只是无伤大雅的小过错，可以一笑了之。我身边永远围着一圈黏糊糊和不洁的东西，与我的与众不同和出身挂钩。所有的忏悔都无用。我活该受罚。

我早有预感，告解室里那双淡蓝色的眼睛……在墙上滚动的蓝色玻璃珠。羞辱……淫荡……天生的下贱胚子，我也自觉如此……我算是练就了一身忍功。哪怕到了如此境地，我依旧能忍。我早就知道会有这么一天。不能怪我厌恶他们：父母和他们的圈子，一切都归咎于此，铁板钉钉。毕竟，堕胎的是我，不是让娜，也不是罗丝琳娜。也许，我太轻易就相信了这一点，以至于认为自己会犯罪的念头远早于罪行本身。我总认为只有我是这样。脑海中从未出现过其他的女孩也会和我一样在学校迷失彷徨的念头，哪怕上了大学也从未如此想过。也许，此时此刻，有一个女孩和我一样，捧着肚子，惊慌失措。可我想象不出来。就算有，对于她来说，这也只是一场意外，一个偶然事件，一次不走运。而对我，这是在挂在墙上的圣阿涅丝和她的羊的注视下的小学课堂里就定好的命数。我早已被听话和纯洁的女孩圈除名。臭娘们，我曾那么努力地想在她们眼中留下良好的形象，不让她们觉得我与她们有什么不同……我送给她们父亲贴在红酒上的漂亮酒标，从咖啡和巧克力包装上小心翼翼地揭下来的标签和塑料动物。她们在课间都黏在我身边，因为我会边点评她们边派发这些小礼物，"给你这个，因为你特别好，不是你！"她们恼怒地吐了吐舌头，可我已经走了，满意地将她们踩在脚下。我的母亲也一样，当月末我把学费单带回家时，她会给老师们多加 5 法郎："要给你做面子！"我跑到办公室，大声喊道："我母亲说剩下的就给你们了。"到了新年那天，我会从书包里拿出一盒散装的巧克力放到老师的面前。女孩们恨不得把我撕成碎片，无声的嫉妒。后来，我开始编故事，我找到了窍门，添油加醋，夸大其词，让她们印象深刻，这样就能和她们一样。咖啡杂货店，这点没得改了，但是可以说"我的父亲赚了很多钱，我有很多新奇的玩具"。巨大的娃娃，会走路，会说话，穿的都是绸缎衣服，还有很多因为过于精致易碎而不能搬出屋子的过家家玩具。我还有很多叔叔，住在马赛或者波尔多，他们要么是医生，要么是富农。而且我很早就登过阿尔卑斯山，看过埃菲尔铁塔，去过圣米歇尔山……我其实总会弄混，总在找补。可她们也照单全收。我用从地理课上学到的山河湖海和大城市的名字，加上自己想象出来的细节，让她们不得不把自己在海边的假期、眼镜店、书店和农场统统都给咽回去。我发现了一个出人意料却妙不可言的事，那就是：我，勒叙尔家的姑娘，很快就把学校里的那些游戏玩得很溜，阅读、运算、历史，毫不费力。整整两年，我坐在自己的位子上，吸收着那些毫无意义的陌生词汇。一旦进了自家店铺的门，我便找回了自己正常的声音，不是学校里那经过修饰、过于甜美的声音，然后随手将书包一扔。春天，我会跑到莫奈特家，把她拉到我家的院子里。我们用要洗的脏衣服来变装，吓唬鸡笼里那些倒霉的母鸡，一直闹到晚上。冬天，我们会坐在咖啡馆的某张桌子旁，一连几个小时用骨牌堆房子，从《知心》杂志上剪下一些图片来编故事，在《韦尔莫年历》上乱涂乱画，偷笑着给穿泳裤的男人添上小鸡鸡。桌布下藏着的糖，让我们在玩游戏和讲故事时唇齿生津、快乐加倍。还有客人们对我们的鼓励、周六香气四溢的火锅和母亲从咖啡馆里头的椅子上的衣服堆中抽出

76

一件时所散发的松香。晚上，我从不碰书包。乘法或者高卢人，我压根不在意。一开始我的父母也对此并不上心，直到发现我的成绩很好时，他们才开始督促我……

10分得了7分。弗朗索瓦高兴得脸都红了。让娜哭啼啼地说了声"3分"，鼻涕都流到了桌子上。我有些奇怪地看着她，她居然会因为这种事哭。并没人打她，她却哭得像一个湿透了的娃娃。"爸爸妈妈肯定会打我的！"我开始为自己的又一个10分感到自豪。我悄悄朝让娜吐了吐舌头。女孩们开始变得友善，她们提到我们家劣等饮食店的频率越来越少。从那时开始，为了保持优越感，我开始晚上学习。要么坐在连接厨房和卧室的楼梯上，用散装饼干盒当书桌，要么坐在院子的地上，双腿粘满砂砾。"妮妮丝！你有一个红屁股！"我会在课间反击。"等我爸爸来了，看你还敢不敢这么说！""小脏猴！"火山模型和九九乘法表在太阳下抖动和展开……超过，或像我父亲说的那样，搞定弗朗索瓦。要是成了，这个扎着两条辫子爱表现的姑娘，怕是会很不开心吧，而我一想到这一点，便心跳如鼓点。等着瞧！明天，我一定能站起来完美地回答老师的问题。这就是激发我渴望成功，战胜所有那些爱出风头、哭哭啼啼、唯唯诺诺的女生的原因……我的复仇就在那些语法、词汇练习以及那些长得像沙漠里不知通向何处的长城一般的奇怪句子里；在加法、每天的十个单词、神奇的知了和穿着围裙的蚂蚁和梅尼尔（Menier）巧克力的商标里，在我所有背诵、发现和回答的问题里。当某个女生回答不上来，老师抬起下巴喊："德妮丝·勒叙尔……"接着我说出答案时，就像是当面给了她一记耳光。更妙的是，这记耳光无影无形，无从反击。每学期我都有一个高光时刻，那就是公布成绩之时。每到那时，我都会暗自兴奋不已，迫不及待地坐到书桌前……"第一名是……"，老师停了下来，所有的老师都会停那么一会儿，让大家误以为……错误的线索……趣味性

十足……好了，我的名字响彻全班，经由老师嘴里的
唾沫，喷到女生们的脸上。是我，我！……女生们掌
声雷动，那个令人讨厌的德妮丝·勒叙尔，呆头呆脑
的德妮丝·勒叙尔，神父眼中的淫娃，可那又怎样？
我比你们考得都好。等老师宣布完位次，其他人的成
绩也无需再听，我满耳只有自己的名字，它终于变得
真实而有温度。你们让我烦透了，趾高气扬的蠢蛋
们。之后还要继续听写、做减法，我有点不安，绝
不能让她们再次占据上风！要是她们偷偷地赶上来
了……为了保持我的优越感，继续复仇，我对学校里
那些简单的游戏越来越投入。我的母亲喜出望外，总
在食品杂货店里说我学得很好，"她想要什么都行！"
她一谈这个就有点收不住嘴，实在有点滑稽，"要知
道，她的脑子并不坏。"还会故弄玄虚地说什么："她
的老师和我说，她以后肯定能当老师！"我只好躲在
柜台下，假装什么也没听见。"尽管成绩这么好，她
也不爱出风头，有一些人总喜欢到处炫耀……她都是

自己学的，不用我们操心。"我的谦虚、低调和从不到处炫耀自己分数的这种行为总能引发大家的惊讶。可这些只在学校、在班里，面对那些女生和老师时才重要。对我们家的客人和大人们来说，这还算不上什么大事。不过，我还是挺喜欢听我的母亲在客人面前说我的事情，尤其是以那种郑重、谨慎的语气……对她来说，学校是神圣的，有四面墙围着，不是谁都能进的，而她的女儿德妮丝，作为她女儿的我很有天赋，这是一种恩赐。只是听到些只言片语，我就已经高兴地想翩翩起舞和放声大笑。对现在的我来说，学校已经不再那么神秘，我也没有觉得自己获得了什么了不得的恩赐。十一二岁是一段美好的时光，我游走于两个世界，并没有发觉有什么值得深究的地方。只要注意不要将两者弄混即可。那些与房间发霉的墙角和从锅底刮起来的炖菜相关的俗语以及夸夸其谈需要留在家里。在学校，则要假装我们学的东西是至理箴言且非常重要；当老师在讲那些无聊的人：比如普姆、雷米和柯莱特的故事时要记得微笑；哪怕我压根儿不在乎，也要在一个女孩做了傻事时表示不可思议。简而言之，绝不能表现得与众不同。为了搞定她们所有人。

有好几年，两个世界之间存在着一种美妙的平衡，直到我上了初一都游刃有余……学校和家庭这两个平行世界之间基本相安无事。缩着脖子、舔着喝汤的父亲和内心骄傲、外表和善的老师们，哪怕她们那虚伪的热情转头即逝。班上穿着菱形格裙子的女生们和邻居家耷拉着的裙子下穿着松松垮垮内裤的玩伴们。

在教会学校里，无论在哪个班，女生们都一样。她们接受了我的成绩和第一的位置。它们是我的自由、我的温暖和我的壳。我又重新称王。因为总拿满分，永远记得课上的内容，我做什么老师都能原谅我，上课迟到、传瞎话、没家教，都不是问题。她闭上了嘴，也被我搞定了。我甚至懒得费神去听讲，因为我很肯定自己一定能跟得上。当其他女生焦头烂额、手忙脚乱地借着橡皮和卷笔刀时，我则沉溺于自己最爱的幻想游戏中。在我的脑海中，我想让她们变成什么样就变成什么样，想让她们做什么就让她们做什么。我可以改一下这个的发型，改一下那个的裙子，把让娜变成一个男孩，把越来越蠢的罗丝琳娜变成另一个男孩、一个金发的男孩。我还幻想着，要是我们的学校是男女混校……我们的书桌会更大，放置长凳的地方摆着桌子和床。饭也在教室里吃。我不用再回家，大家一起在完美无瑕的老师那美丽动人的眼中成长，大家都精于逻辑分析和四则运算，晚上都睡在自己的枕头上。到了晚上，男孩子们的头会不自觉地倒向一边，手在睡衣里摸索着……要是那些女生知道我在想什么……不过，在优秀的分数面前，这孤独潮湿的罪恶感也显得没有那么沉重。在这里，只有我知道那些事情，那些街区的玩伴在院子里的厕所、墙上或画报上向我展示的事情。当其他女生恐惧地听着圣玛丽亚·葛莱蒂（Maria Goretti）的事迹时，我却在想着那个充满野性和不洁的男孩，那个蠢货甚至都不愿意吻他。无论如何，上帝都是不可能爱我的，在前的将要在后了[10]。勒叙尔杂货店的女儿，日常往来的都是满口脏话的酒鬼们，第一次忏悔的内容就那么淫荡，还是第一名，无可救药……我已打定主意，甚至对此有些自豪。只要我想，我就能在那些假正经、矫揉造作的女孩面前闹出一场丑闻，在全班面前坦白日益神秘和迷人的我究竟是什么样的人，她们肯定做梦都想不到。在某一刻，等着我的会是一大摊从大腿根流出的滚烫热血，被弄脏的床单挂在阁楼的绳子上，裙子上红色而发硬的污渍。这是只有我能看到的幻象，和其他幻象相连，温热湿滑，一个男孩和一个女孩的尿液混合物，微凉温柔的手带来的酥麻感……我有些眼红地盯着邻居的上衣，里面挺立着两座美妙的山峰……一天，年长几岁的埃夫利娜邀我确认她和我之间的某些不同。我一言不发地收回了自己黏湿的手指。我感到很羞耻，我竟然混淆了假期中克罗帕尔街地窖里偷偷摸摸进行的游戏与学校那清澈、喧嚣和轻松的世界，那个任我扮演天真无邪的世界，那个能让我远离地下室，远离在门边吐一地红色秽物的醉鬼们的世界……我开始将这个世界时刻放在心上，当作圭臬……最先映入脑海的是贞德，然后是高卢人、大卫王、圣路易……班级也随着地理课而转动，像车轮一样走过城市乡间、卢瓦河的源头、阿尔卑斯山的隆起点，撒哈拉的沙子迷离了我的眼……我怎么可能记不住这些从女老师两片开合的唇瓣中说出来的关于未知世界的词，一切与那个满是泥脚印的商店，晚餐时的牢骚抱怨，羞辱等无关的词……连语调我都记得，毫不费力。那些连贯的画面，交织的词汇……我根本无法忘记那些存在过或是依旧存在的东西，它们就在那儿，远在天边，在我的操场上方。在学过了那些课文之后，我开始爱上夜空中的云朵，在我眼中，它们就像柴堆、玫瑰色的印度城市、海边安静喝水的狮群。

　　然而，最美好的发现，一直影响我、俘获我，将我彻底从我的圈子中拉出来的那些东西则来自我的阅读、词汇和语法书。漂亮知礼的孩子，一般都是一儿一女，带衣帽间、客厅、浴室的大房子，和谐美满的生活，夜间的盛装，晚餐铜锣，做生意的父亲，管着家的漂亮母亲……他们称孩子们为"我的宝贝们"，无止境的温柔，孩子们也会对着他们的奶奶、一个漂亮的老妇人，喊："谢谢，祖母！"晚上，没人会数钱，父母不会吵架，也绝没有醉汉。书里的语言和我们说的截然不同，自成体系，里面的表达方式提醒着我，存在一个和我的世界截然不同的地方。雷米的妈妈向她的朋友"道别"。我的母亲和这种形象完全不沾边，我的父亲也不可能在亲密的同事圈中搞什么合纵连横。这些词让我目眩神迷，我很想抓住它们，让它们成为我的一部分，付诸笔下。我在吸收它们的同时，仿佛也吸收了书中所写的一切。在我的写作中，我虚构了一个走遍法国的德妮丝·勒叙尔，实际上，我最远也只去过鲁昂和勒阿弗尔。她穿着蝉翼纱的裙子，戴着花边手套，披着细绒围巾，因为书上都是这么写的。讲述这些故事不再是为了让那些女生闭嘴，而是为了能在一个比我的世界更美好、更纯洁、更富有的地方生活。一切都基于文字。我着迷于书中的文字，一字不落地学习。我的母亲给我买了一本粉色内页的《拉鲁斯词典》，她还骄傲地对老师说我会好几个小时埋首其间。恩赐，又是这个词！奇怪而微妙的词，没有什么深度，排列位置极佳，可在我家用这个词总觉得很假。难以置信，必须试试才知道，博尔楠，他本不该，显而易见！我被蒙蔽了，受了愚弄，可在我家，没人理解这些词是什么意思……这也是为什么我只在笔端使用这些新学的词，用自己唯一能使用的方式重塑它们。用嘴，我是说不出来的。在我的成绩单上，老师们写着，成绩很好，但是口语表达有待提高……我身负两种语言，一种是书上那些黑点，如同优雅顽皮的蚱蜢，一种是粗俗笨拙、根深蒂固的语言，入脑入心，让人在楼梯顶端的饼干盒上痛哭，在柜台下大笑……语法书中写的"恼怒的父亲训斥了自己的儿子"，不痛不痒，但要是母亲在逐渐昏暗的铺子里怒气冲冲地喊着："那小坏蛋居然在偷客人的奶酪!"那就不一样了……真实的事物是人们全身心都能感受到的那些，两腿之间也不例外。那些让我吐了整晚的粉色糕点，还有母亲在黑暗中轻声的呢喃："吃点薄荷，吃了就不恶心了。"父亲洗瓶子时清晰的刷刷声和他那句"小孩子别在这碍事!"那个地方非常温暖，"别把手放那，会弄坏的"……回音壁、压舌板、寓言，对我来说都是游戏；粉红纸张上的内容、幻想世界的语言则需要背诵……全是后天之功，是打开另一个世界的密码系统，与自己的血肉并不相融，也许从来没被真正记住过。"像个婊子一样被人看"，我的母亲会这么说，而我则应该说"双腿被那个老女人用窥镜分开"，而不是用博尔楠、纪德或是维克多·雨果的语言来描述。所有那些我囫囵吞枣一样咽下的故事、文学、小说……我父母所使用的语言，被压在了最底层，或是因为我极力避免使用，或是被我遗忘了，哪怕不是故意的。它们被掩埋于千万词语之中。四年级的黄色语法练习册，《莉塞特》《英勇之心》，绿色系列的所有读物，注释阅读，文学经典系列，《拉加德和米沙尔文学选》（Lagarde et Michard），它们无孔不入。我再也无法找回第一种语言，真实的语言。学校的语言和书本的语言在此毫无用处，消失不见。障目烟雾，狗屎。

"我们家女儿总在读书，我不骗你们！"我的父亲这么跟客人说我。我很高兴不用应付他们，开心地从咖啡店搬了两把椅子出来，一把用来搁我的屁股，另一把则用来放我的脚和点心，然后舒舒服服地成为真的德妮丝·勒叙尔，新的德妮丝·勒叙尔，她是伊丽丝·布勒（Iris Bleus）家别墅中那些面色红润的漂亮孩子的朋友，是知了农场的朋友，是乌鸦城堡的朋友，是《莉赛特》里那些连载故事主人公的朋友。我和那些主人公一起畅游，生活在他们的影子中。当我抬起头，抹去手上咬面包片时挤出来的黄油后，便开始编自己和女主人公相遇相知的故事。我闭上了眼，开始品尝我的面包片，它们变成了伊丽丝·布勒别墅中大家享用的冷鸡，我还渴望着女主人公喝的饮料。不过，我更喜欢那些倒霉的女主人公，可以让我用店里的糖果投喂，借床给她们取暖的那些人。通常，我不会轻易地放弃她们，哪怕书读完了，一些女主人公还会好几个月与我形影不离。最好干脆变成女主人公，摆脱这无声的配角身份。小小记者亚瑙什[11]（Janou）在阿尔卑斯山的一个村子里受了挫，正垂头丧气地在村民家吃饭，其他村民都提着灯笼跑来安慰她，在一片嘈杂声中，她在凹室里睡着了，那声音就像周六发薪日晚上客人们来店里花钱时一样。或者，可怜的科塞特狼吞虎咽地吃着美味的肉酱，在炉灶边烤着自己冻僵的脚，接待她的都是一些善良的人，和勒叙尔一家一样，他们把她当自己家的女儿一样对待。不过，那时我已满十岁，《知心》《茅屋夜话》一类的杂志开始刊登以"叙泽特（Suzette）的一周"[12] 为题的专栏。他们唇贴着唇，一吻定情。晚上，当我躺在床上胡思乱想时，脑海中的所有女主角都有同样的命运。她们并不淫荡，一点也不，只有我……这些美丽的故事是我的避风港……对我来说，作者并不存在，他们的作用仅仅是搬运真实的故事。我的脑子里充斥着一群自由、富有、幸福的人；或是惨到没有父母、衣衫褴褛、面包皮、孑然一身的女孩。我的梦想就是成为另一个她。通过我母亲放在厨房的柜子里垫在锅底的女性杂志，我可以周四沉浸于《莉赛特》，周二徜徉于《叙泽特》中的美妙文字，远离一切……食品咖啡店、我的父母，肯定都是假的，某天，一觉醒来，我会发现自己在通向一座城堡的路边。一踏进城堡，铜锣声便响，而我则朝着一位被训练有素的管家服侍着的优雅先生喊："你好，爸爸！"我在克罗帕尔街的生活一定是真实生活的反面，是神秘力量而非在充斥着罪过、天堂和地狱的弥撒时被一群名人雕像围绕的上帝对我的考验。书本，它们是不会谴责我的，书中那些女主人公纯洁透明的生活是不会让我去偷店里的牛轧糖，翻起裙子站在镜子前，对着那些老酒鬼冷嘲热讽。书本勾勒了一个我希望成为的德妮丝·勒叙尔的剪影，就像风平浪静时我脑中想象的那样。我甚至能忍受咖啡店里传来的喧嚣和笑声，哪怕某个输红了眼的老家伙跟跟跄跄、东倒西歪，他最终会醉倒在哪里也并不会影响我的白日梦。只有来自母亲出其不意且火辣辣的耳光，她与父亲的争执，以及某个骂骂咧咧突然起身冲向厨房，誓要将所有东西砸个稀巴烂的客人，才会将我的双重人生变成无声的巨大撞击，变成虚无。其他的时间里，我都能恣意地徜徉于我所幻想的人生之中。早上，咖啡杯里倒映出的脸庞是《小小移民佩德罗》里的那个美国印第安女孩；在学校，我是憎恨着神父布莱克赫斯特的简·爱；中午，则是在济贫院对着燕麦糊的奥利弗·崔斯特。还有随着连载出现和消失的纳迪娜、维维亚娜和卡罗琳们，我将一大串女孩们的真实历险变成自己的，以家为背景，逃避自身。渐渐地，阅读也不够了，我开始自己编名字、城市和家庭。我在巴黎，克罗帕尔街在十六区。每天早上，当我穿过共和街时，我便会选择其中一个带草坪、挂着花边窗帘的方砖别墅。中午十一点半回家时，家门前已停满了受邀宾客们的宝马豪车。打开门，客人们转身时，我会挂上德利（Delly）[13] 小说中主人对佃农露出的微笑。母亲在配餐室忙碌，父亲则在客厅招呼客人，没有什么食品杂货店，也没有咖啡店。我只需待在自己的闺房里，等着一记铜锣声即可。玛丽·安托万内特·迪拉克、十六区、晚宴、网球、马术……周而复始。

　　需要耗费大量时间来编造这些离奇的故事，不切实际的奢望，精神分裂者的故事……从那时起，我应该就开始做比较了。我大概是希望能忽略母亲白色上衣衣袖上的斑斑锈迹，她口中所谓的"醋"，还有衣服上被皮带磨出的灰色，收银机开合的声音，父亲在桌子另一头吃完点心时放下刀叉、舔食汤汁的声音，或是晚上那些令人恶心的醉鬼……也许，我的两个世界从来不曾平衡过。人们必须在两者中选择一个作为参照系。要是我选了父母的那边，勒叙尔家的生活，或者更糟，沉溺于劣等红酒的那一半，那我就不会想着好好学习，我也不用在柜台后卖土豆，更不会去上什么大学。必须憎恨家里的店铺、咖啡、那些赊账的穷客人。我仍在给自己找借口，也许，还有其他脱身的方法。从哪儿脱身……从家走到学校的路上，我曾一直在做这样的白日梦。已是世界末日，再无他人，只剩我一人。莫奈特也好、街区里的那些男孩、所有的房屋、别墅、市中心的那些大商店仍一如往昔……觥筹交错！杯盘狼藉！珠宝、糕点、华服……进入这些梦想中的剧本，一切归我所有……唯有世界末日方能达成我的梦想。黄粱美梦！从那时起，我恐怕就已经打好了自己的小算盘，在好人和其他人——我的圈子——之间做了取舍。

一些事情加速了两个世界的分裂。尤其是我的母亲，她功不可没。为了我好，就像她经常说的。一个美妙的夏日，我赖在床上一遍又一遍地读着《苦儿流浪记》，然后在床上摆上搜罗来的香肠丁、糖、饼干和石榴水，准备着下午的盛宴。街区的两个男孩、莫奈特和另一个女孩会来品尝大餐，在晒衣服的支架上耍酷，或是把木箱当小车，拖着到处玩。一切由我说了算。吹泡泡，戏弄喝醉了的老家伙们，打架，打牌，搞得和嘉年华一样。随着院子变窄，太阳西斜，我们又动了其他心思。我们跑到克罗帕尔街上，在百来步远的地方用绒球蔷薇的那些细小花瓣或是其他不值钱的花玩起了天女散花的游戏。男孩们徒手摇着那些蔷薇。一位老妇人慢慢地踱了出来，见到此情此景，也是无话可说，只是不断地重复着："这，这……"真是可笑，这个老妇人真是神经兮兮的！采完花之后，我浑身燥热，手指被刺破了，血迹斑斑，裙子脏得看不出本来的颜色，闻起来也有一股嬉戏和斗殴之后染上的尘土味。"傻货！"不知怎么地就开始了骂战。男孩们吐出了一串脏话，什么老傻瓜、废物、蠢货，她慢慢后退，拴上了门。过了一会儿，她出现在窗后。突然，她瞪着双母鸡眼，吐出了自己巨大的舌头，紫色的……我们放过了她，胜利凯旋，浑身上下都是玫瑰花瓣，脖子上，裙子上，连腰带上都有。米歇尔的腿上挂满了划痕，从短裤腿边，一直到他的那双破鞋上，深深浅浅的都是。衣服也耷拉着。他推着姑娘们，在这个身上掐几把，在那个的头上扯几下。"住手！"莫奈特喃喃道："敢不敢让我们脱了你的裤子？"米歇尔一言不发地跟着我们去了莫奈特家的厨房。莫奈特的母亲关上了外窗，在这昏暗的房间里，他的腿都变成了黑色。我们一人扯着他的腰带，一人抓着他的手臂，他顺势倒在地上，挨着炉子边接着热水管滴出的热水的小铜桶旁。我们一人站在一边，手肘压在他的肚子上，扯下了他的短裤……他坦着肚子，一动不动，那玩意儿就像自然课本里脱水无力的水母，摸起来就是一坨软绵绵的肉……为了掂掂分量，我们的手先拢住上面，"注意了，有点烫！"收回之后又往下面探去，就像一个裸体婴儿娃娃般被我们拨来弄去……水母吸了气，开始变大、膨胀，变硬，白皮被拉长。他倒吸了口气，张开了嘴……"你们哪个让我上？"圣玛利亚·葛莱蒂啊！这可是一把锋利无比的宝剑！"妈妈！"米歇尔飞速套上裤子，尽管莫奈特的母亲并没看到这一幕，莫奈特还是挨了一巴掌，因为热水桶被打翻了。米歇尔吹着《我的小可爱》。我独自回到家，双手酸痛，仍沉溺于那时而坚硬、时而绵软的皮，让它发胀、重启、手忙脚乱的动作，热辣的画面。我的母亲在店铺门口等着我。先给了我几下，又甩了几巴掌，场面混乱。"坏东西！破烂货！蠢猪！我要好好教训你！"她是怎么看到我们和米歇尔做的好事的？五分钟之后，我才明白，原来是绒球蔷薇那家的疯女人跑到食品杂货店告了一状，她丝毫没替我们隐瞒，特地跑去找了勒叙尔太太，因为德妮丝上的是教会学校，她本应被教育得更好……我的母亲被噎得说不出话来。恼怒、上火、气得脸色发青。"不准再和街区那些小孩鬼混！这对第一名来说，一点好处都没有！要知道，你上的可是教会学校。"好像她突然意识到应该二选一了。"学校里肯定有不少同学吧？请她们来玩！"

说到底，这都是我母亲的错，是她斩断了两个世界。她害怕我会不再好好学习，变得和莫奈特一样，玩世不恭，无忧无虑……她认为，如果能让我待在家里，我就能成为个"人物"。是她造成了这一切……是她的错。其实，这些本就不会长久，无论是莫奈特，还是其他上社区小学的女孩，她只是把这一点给挑明了……第二年，在领圣体的时候，我离开时甚至都没看莫奈特一眼。我站在教堂的第一排，因为我是教理课的第一名。我一次头也没有回，因为我不想让班上的女生们知道我认识她，她们会立马盯上这一点。已经五月了，她还穿着那身不合体的兔毛外套，顶着一头羊毛般的曲发。老师总是说，人以群分。双脚踏在祷告台上，面对着那个总让我回答问题、念念有词的总本堂神父，我很明白，我并不愿把他和莫奈特相提并论，我也很明白，她并不那么得体，那么局促不安、无足轻重。我说什么也不愿再同克罗帕尔街的女孩们玩耍了。但是，我也并没有邀请学校的女生到我家来。那是不可能的。当她们偶尔经过我家店铺门口时，仍会有这样或那样的回应传到耳边："昨天，我们看到了你家！"或者"你吃的糖是什么样的？"一类暗藏玄机的话。还有更糟的。有些女生还会专门跑到我家店里去买东西，看看我是否真的在那里。我的母亲总是很高兴："妮妮丝！你的小同学们来了！"而我则总是躲在楼梯上面，让她们以为我不在。了解一切，坦诚一切，对妮妮丝·勒叙尔来说并不是什么好事。一群酒鬼，一家陈旧而非摩登的商店，又不是

完美的库普合作社 [14]。我宁可自己大病一场也不愿请她们来做客。我的母亲并没有意识到这一点，她一直以为我和其他人一样，因为我们在同一所学校上学。当我显得有些腼腆时，她总是说："你配得上她们。"她本不应该这么说，我很明白，事实正相反。现在，只剩下学校和书本，我开始对其他的一切视而不见。

莫奈特在我身后很远的地方。第一行顶端的是校长，个子娇小，面色红润，手持响板。她对我露出了鼓励的微笑。"出游不做弥撒，死罪。"看了一眼校长，她满意地点着头，我稳稳地拿到了教理课的第一个奖。我希望莫奈特也听见了，让她明白我是多么的博闻强识。什么问题也难不倒我！粉红色或是绿色祭披的故事，领圣体前含在嘴里的薄荷片，有意为之则是死罪，无意为之尚可宽赦，火舌、理智、科学、忠告，我都记下来了，我在"是不是罪"，"是或非"之间游刃有余。细致入微的功课。我身边的一切都根据教理课和总本堂神父所说的好与坏融成了两根柱子。

只有我孑然而立，带着我那无法归类的陈罪顽疴，既不轻也不重，难以名状，肮脏下流的混合体。别碰那里，偷来的糖果，工地工人的饭盒底刮来的炖菜，在校时那些逃避现实的白日梦，以及，尤其是我的父母，我那肮脏卑微的小商贩家庭出身。

也曾有过大日子。我初领圣体的仪式并不怎么样，只有我，哪怕我对教理倒背如流，总本堂神父也总是对我笑容满面，但那都只是表面功夫。双手抱着头，我努力做出一副圣女的样子。在最后几排的莫奈特恐怕都要捧腹大笑了！这双手……曾沾满黏液，我本以为是尿，可是味道截然不同。没办法，越是不想就越是往脑袋里钻。哦，天使环绕的圣坛……我自认为自己的裙子非常漂亮，母亲说她花了大价钱。可和那些女孩的比起来，我的裙子显得那样平平无奇。无沿软帽压平了我的烫发。本不该是这种帽子。校长悄悄地和两个女孩说她们很可爱。她们是和自己的家人坐着轿车来的。我很害怕校长认出我的家人。我的家并不是什么名门望族。我的叔叔阿姨们迟到了，他们需要时间来打扮，他们没有这种习惯。在结束的时候，人们开始给我身边的女孩们拍照，我只好左避右让以便人们能好好地给她们拍。而我呢，女人们把我带到了一家照相馆，男人们则跑去金狮咖啡馆喝开胃酒去了。我们徒步走回了克罗帕尔街，咖啡店里的餐桌已布置妥当。有三文鱼、鸡和泡芙塔。在两餐的间隙，我和家里的表亲们一起在院子里玩。我曾想过在白色的短裙上以漂亮的红点为缀。这种搭配应该相当好看……这也是众多让人遗憾的地方之一。我曾以《时尚回声》中对这个仪式的描述和"叙泽特的一周"里孩子们的日常为蓝本设想过这一日。那里面的人一般会雇一个厨娘来做饭、写菜单、插花，我一直以为好人家的宴会都应如此。可日程过半，事情的发展和我想象的完全不同。用餐时间过长。我的母亲嗓门最大，压过所有人。她的裙子夹在了屁股中间，但她毫无察觉。我的表姐妹们和莫奈特差不多，满口脏话，粗俗无礼。她们打开了一个橡胶罐，必须充分享受这次放风，大家开始为了一勺芥末酱大打出手，我的袖子上被弄上了一大片黄色的污渍。在晚祷的时候，我们唱了一首调子非常高的歌，我拼命藏起袖子，不想让校长看到。我祈祷着我的叔伯们可千万别来，他们都喝高了，一目了然。我停止了歌唱，仿佛置身于黄色沼泽的深处，光线、蜡烛、随着声浪逐渐升调的圣歌，教堂的玻璃上只有我，接受荣光，德妮丝·勒叙尔，教理课的第一名，优越感、想象中的完美领圣体日、花束、礼物、被弄脏的羽纱裙。他们大快朵颐，又高唱了《农民的信条》(Credo du Paysan)，晚上恐怕会闹得更不像样。可他们是为了我才安排的这些。他们本可以更注意一些，努力做到品行端正，为了我，假装自己是大商人，或是有进取心的农场主，而不是像这样稀稀拉拉，手足无措地站着，仿佛是一群没见过世面的人。正是因为他们，当圣体饼放入我的唇舌上时，我竟毫无感觉，待我将它从舌尖上分离时，它已经碎成一块一块的了，这可是大罪。我的上帝，我的上帝，这不是我的错，请改变这一切，让我的家人和别人家的一样……为什么是我，而不是让娜和罗丝琳娜。让娜的母亲正在募捐，她是那样年轻漂亮。莫奈特，她肯定对此不屑一顾，我很肯定，她会把他们都看成是一群装腔作势的人。而我，我和她不同，首先，我的成绩很好，下个学期，我就要上初一了，依旧读教会学校。而她，她会去技校，然后进纺织厂当工人。我真的会为此痛哭流涕。又是来自上帝的一击，是神的旨意……一想到初领圣体那日，我就来火，真是比平日还要差上十倍：我的家庭都被置于校长和老师那尖锐锋利的审视目光下。他们还挺开心，似乎也并没有自我反省，大概只是觉得不是很自在。在这种庆典的日子里流露出的俗气……梦想中的例假，那令人如此渴望、宽慰人心的红色爆炸并没有到来。我宁可自己是教理课的最后一名，但是穿着华服，和让娜一家待在一起……

那幅画已经发黑了。那旁边，人们甚至可以说导管曾是快乐的一部分……十岁的时候，一切都显得那么严重，令人迷茫，毫无出路，缺乏经验。那天晚上，我还是饱餐了一顿，听了各种下流的故事，屏住呼吸，面色如常，开开玩笑，还和表姐妹们一起在外窗关闭的杂货店里嬉戏。我的表姐向我展示了她贴身上衣里的东西。这些兴许更重要、更真实。没有什么和我想象的那样非黑即白。我早就无法忍受这一切了。"你居然怀孕了！我们为你付出了那么多，举全家之力供你，让你走得更远！你就是这样报答我们的！"要是和他们谈什么子宫胎盘卒中，他们怕是会和平常一样破口大骂："这个贱货、小荡妇！她从来不听我们的，总是一副不得了的样子，小婊子！"他们还是别知道的好。和堕胎医师结算费用时我用的是他们的钱，这让我很郁闷，我本想用这学期的奖学金付。可奖学金并不多。总是这样，我其实从未想过把他们赶走，做我想做的事情。他们也不愿意送我去夏令营，或者是我不愿意，我已经搞不清了。也许，我并不想给他们造成太大的痛苦。我或许也并没有那么痛恨他们，虽然我走得远远的，也很少回去看他们，但是却无法与他们分离。从那次庄严的领圣体仪式开始，上了初一以后，这种奇怪的感觉越发地强烈，我在哪都不自在，除了做作业，写作文，周四和周日在院子的一角，躲在屋檐下捧着书，或是藏在楼梯上面。我并没有瞧不起谁，性格也不是很难处，连我的母亲也承认："她想学什么就学什么，我们也不能说和她处得很糟……"我开始视而不见。忽略一切。店铺、咖啡、客人，甚至我的父母。我的心不在那里，而在作业，或者像他们说的，在书本中。"你的头不疼吗？"我的话越来越少，这让我很恼火。很快，他们不再像以前那般行事，看我的眼神变得满意，甚至欣赏。他们会问一些问题，答了也是白答，完全没有意义。"你的老师怎么说？""你想听她说什么？""好吧，要听老师的话，听见没？"我讲趣事时，他们从不觉得好笑。其他的，就不用尝试了。从初一开始，我开始学英语、拉丁语、代数和化学。他们很开心，但是并不想理解。"这些都很有用，好好学，这就是我们对你的要求。以后你会感谢我们的。"他们对我的幸福指手画脚，大谈特谈他们的体贴入微。"在你这个年纪，我每天五点就起床去制绳厂干活！而你，我们都舍不得让你去倒一杯酒。"当我经过杂货店和咖啡店的时候，我会简单地和客人打个招呼。越发地疏远……缺席。

只有在学校，我才会完全醒来。女生们再也不能羞辱我。德妮丝·勒叙尔长期位于二十四名学生的顶端。我一般一点就从家里出发，当我的父母为了知道点八卦新闻开始听卢森堡电台让·格朗穆然[15]主持的节目时，我会飞奔到学校，在一点半的铃声敲响前，与走读的学生闲聊。晚上，我会去市中心闲逛，浏览那些刚刚建成的漂亮新商店。回到克罗帕尔街时，我再也不看那些发黄的建筑和从转角处就能看到的勒叙尔咖啡食品店。我冲进店铺，从客人面前飞快地穿过，他们都盯着我看。我打算推开需要熨烫的被单，报纸或是缝纫盒，在厨房一角的桌子上吃自己的面包片。几个老家伙，总是那几个，痨病鬼付希（Forchy）、"慢性病"、肝硬化、布乌尔（Bouhours）老爹，色眯眯地盯着开着的门内的我。这几个也是我最早开始不打招呼的，他们空洞的眼神和烟头……大把的时间花在课本和作业上，直到晚饭时间。确认自己什么都学会了，畅游于文字之间，昂首反复咀嚼着这些词，俯首潜心寻找一个忘却的字，翻阅预习下一课，不应独自游历的异国他乡，直到老师在合适的时间让我们体验。一想到在颁奖之前……中学毕业之前……或许高中毕业之前还要学的东西，不由一阵晕眩。想象着那个学会了三元一次方程，掌握了卡尔庞捷-菲亚利[16]初四分册的德妮丝，看着未来的我，用双手提着被书本压得凹下去的书包，和高三的女生一样……我知道，这会改变我，毫无疑问。我的夜晚如此愉悦，伴着热烈而遥远，异常遥远的，咖啡馆里的喧哗、多米诺的牌声、水槽里涮洗杯碗的奏鸣曲和门铃那有气无力的叮咚声。还有电台、杜拉顿（Duraton）一家[17]、多普（Dop）歌唱比赛、查皮（Zappy）之吻、卡顿（Cadum）歌曲集，这些节目就像日期和时刻的标记，与周一的几何、周三的科学课混在一起。一开始，沉默的晚餐。我那在三点梳妆打扮的母亲，到了九点，已妆残鬓乱，老态尽显。我的父亲则一边吃饭一边算着账："马顿（Marton）喝了三杯。迪波尔结了账。布乌尔还没给钱，他周六付。"我对他们的闲聊和记账一点也不感兴趣，脑子里回响的只有那些词句：主[18]，主人，猫在桌上[19]，和这些比起来，客人的欠账、迟到的油都属于微不足道的事情。我只是出于习惯听听。黑母马来了！已经躺在被子里，鼻尖贴着书，《女奴或王后?》《妙龄女孩布丽吉特》《知心》杂志上的连载……这就是我的课外教育，我的母亲会根据卖香烟和报纸的商人的建议，给我买书……我的父亲抱着钱匣子上楼。他经过的时候，大家都知道是他来了。无论是经他手，还是过他脚的东西，不管是楼梯、门、电器按钮、床，都会嘎嘎作响。他会隔着终于将房间分为两半的挡板和我打招呼，"晚上好啊，女儿！"或"晚上好，我的宝贝！"我自然很清楚挡板的作用，可我还是能听见他们在做那事，只好将头埋进被子里。

　　我睡在咖啡馆的上面一层，仿佛住在一间旅馆里。我的父母并没有发现我已经几乎不与他们交流，也没有发现我对他们的无视……他们还是那么亲切："吃饱了吗？想要什么？一本新书？"她认为只要在读书，就是好的。而我，我也非常听话，既不娇气，也不干傻事，严肃认真……我越来越少在人前露面。总在读书，或者无所事事，要么待在房间，要么待在厨房，从不踏足杂货店或咖啡馆。我的母亲替我道歉："小家伙的作业太多，没时间过来帮忙。"有几个不明就里的老家伙有时会叫住我："姑娘，给我倒杯红酒！"而我则慌忙跑开，口中说着："我父亲马上就来！"可有时他们会不依不饶："那你干嘛呢？"我的父亲则会替我答道："我们在就行，用不着她来，她还要上学呢……"他们越发惊讶："她几岁了？"然后在那自行揣测："她难道想当秘书？"他们念的是"mi-su"，我的父亲和他们解释说不是，他们花了十分钟才理解他是什么意思。我竖起耳朵听着，想看看我的父亲如何脱困。"她很喜欢学习，我们总不能拦着她不是？"绝对不能表现出他们在推波助澜，否则别人会以为我们家很有钱……"当兴趣……"，我闭上了嘴，显然，他们对学习没什么兴趣。我和他们不一样，我和他们毫无相似之处。我和他们无话可说。

我不敢继续想下去。人文科学，听着就让人肃然起敬。确实如此。可一个像我一样的婊子。"你以后会给父母长脸。"见了鬼了！更糟的是，倒不是因为他们对我太坏，或过于顽固。我从没对任何人说过，可是，在学校的时候，当我逛市中心的商店时，阅读时，我学会了比较。世界分为体面的人和其他的人。从 12 岁开始，我就有了自己的计量表，自建了一套评价系统。体面的人都有车、公文包、雨衣和干净的手。无论在哪，无论境遇如何，他们都口齿伶俐。可以在邮局的柜台前抗议："真是不可思议！居然让我们等这么久！"而我的父亲，他从不抗议。人们让他等多久都行。一直在抗议的人，就是体面的人。人们绝不会看到他们出入我父亲的咖啡馆。体面的女人，我见得更多，她们与众不同。发型、服装、首饰都低调不张扬，说话轻声细语。她们不在街上闲聊，买东西都在市中心的大商店，手上挎着个大的购物篮。轻盈自在，完美无瑕，干净整洁。其他的人，则和我们家的客人类似：穿着蓝色制服，戴着贝雷帽或鸭舌帽，骑着脚踏车的工人。面无血色的老家伙们，褪色难看的东西。哪怕盛装出席，在领圣体这样的日子，人们还是能一眼将他们认出，指甲是黑的，衬衣没有袖口，尤其是他们走路的姿势，双手前摇后摆，绵软无力，手足无措。他们不会正常聊天。只会大喊大叫。那些穿着布鞋、带着防水布兜来买菜的女人都极为相似：要么太胖，要么过瘦，身材都走了样，胸不是一马平川，就是下垂至腰，臀部都包裹在紧身裙中，手臂也毫不匀称，烫发上都抹着罗嘉-弗洛尔（Roja-flore）的发乳，最后难免都变成一缕一缕的。我从未想过，造成这些差异的原因会是钱。我一直以为这是天生的，洁净或邋遢，品位出众或马虎随便。酗酒、牛肉罐头、厕所边上钉在墙上的报纸，我一直以为这都是他们自己选的，他们甘愿如此。必须经过大量的思考、阅读和学习之后，才会不这样想，才会不认为一切都是定数，尤其对于一个孩子来说。

我的双亲，我本不想把他们划到哪一边。我发誓。我的母亲，她涂脂抹粉，在店里高声说话，为人出谋划策。要是哪家有老人过世，大伙都会来找她帮忙，她还会帮不会填汇票的可怜人填表。刚和她接触时，谁都不会当她是个穷人。表面上，她心直口快：
"就拿那些上流社会的人来说吧！没钱了都要摆阔，
死要面子活受罪！"非常鄙视那些自以为高明、虚情
假意的人："哪怕是自己的父亲摔倒在路边，她们都
不会去扶的！"我的父亲也不同于那些客人。他滴酒
不沾，也不用一大早背着布袋出门，人们都称他为老
板，而且他收账时也相当强势。"我们不是工人，我
们可是成功人士！白手起家，盘下了这家店铺！"我
也曾坚信他们是不同的。可真相来得猝不及防。他们
两个人在公证人、眼科医生这类重要人物面前全都结
结巴巴、语无伦次，真是可悲！要是有人盛气凌人地
对他们说话，那对话就结束了，他们会一声不吭。他
们不懂那些礼仪规范，也不知道什么时候该坐下。和
我一起见老师的时候，他们也不知道该说什么。我的
父亲穿着白天的衬衫睡觉，一周只刮三次胡子，他的
指甲永远是黑的。我的母亲会在脖子上涂厚厚的脂
粉，费很大的劲才能脱掉紧身搭，在衣橱门后面擦下

体……和医生，在街区里寻访病患或做临终涂油礼的本堂神父，或是来走访慢性病患者的社保监督员讲话时，她会表现得非常和善，声音平缓，古道热肠。她会轻声细语地说："您要知道，这些不幸的人，都是些无知却正直的乡下人，会在店里赊点账，但是不多……"她知无不言，忙前忙后。碰上临时缺糖来买东西的有钱客人时，她也殷勤得过分："还需要什么吗，夫人？"毕恭毕敬地等着那富态女人发话。"那来点马拉加葡萄干 [20]，如果有的话。"这些有钱的妇人们眼神茫然，明显不习惯于店里杂乱无章的陈设，怀疑地打量着一切。我的母亲则为了几颗葡萄干在店里翻来找去，最后忧伤地答道："没有了……"我家的店里从没有这些雅士们想要的东西。它不是什么高档食品店，就是一家普普通通的街区小店而已。

证据确凿，再怎么修饰也是无用。我的父母比他们的客人好一点。"他们需要我们，不然谁会让这群乡巴佬赊账？"但是他们仍旧是小小的零售商、街区小店的业主、收入微薄的穷人而已。我不愿直视这一点，也不愿去想。做一个淫荡、故弄玄虚，和班上那些有品位、无忧无虑、自由自在、纯洁无瑕的女孩比起来黏糊又笨拙的女生已经够糟了……还要我瞧不起自己的父母，什么罪过比得上这个？没有人会觉得自己的母亲或是父亲不好。除了我。那首在电台里哀婉呜咽的歌曲："我没有杀人，没有偷窃，但是我不相信我的母亲……"唱的就是我。我一定会恶有恶报。这首家庭宴会结束后播放的歌曲，所有人都会将脸埋在手帕里，双目含泪聆听的歌曲，唱的是一个男孩会在每周日给他的母亲献上白玫瑰的故事。我也会痛哭，但是原因却和别人截然不同，我哭是因为我永远都不会像这个男孩一样。贱货。偶尔我甚至会希望自己是孤儿。或者打定主意再也不评头论足，假装家里的一切都让我心满意足。学校的老师从不拿孝道开玩笑："亲爱的小德妮丝"，她们会揽着我的肩膀对我说，"我希望您平常有好好地感谢您的父母，他们为了您付出了太多！他们供您上学……"要按她们的说法，我应该满脑子都是对他们的感恩戴德。过个母亲节，要提前三个月时间准备，谁做的酒椰盘或者珠宝盒最漂亮，谁就最得意，大家都会夸她最爱自己的母亲。我就没必要尝试了，我的母亲肯定会把这东西扔到一边，再也不会提起，对她来说，这都不重要，都是些琐事和无聊的小玩意儿。老师们让我去感恩、去扮孝子，可她们恐怕在我家一天都待不下去，那会让她们恶心。她们总在说自己害怕粗鄙之人，连有人打喷嚏很大声、挠痒或是不善言辞时，她们都会感到恶心，却要求我听话……要想解决这个问题，只能闭上双眼，假装自己在一间旅店里吃饭、读书、睡觉。尤其不要看那些丑陋、污秽和破烂之处。

　　我从来不谈我的父母和我的家。"讲一下你的童年经历，最难忘的假期，描述一下你家的厨房，或是一位特立独行的叔叔。"我的童年，不仅肮脏丑陋，还愚蠢可笑。旅行次数：零。我们只会在八月的时候坐旅游大巴前往四十公里外的芒什海峡。母亲会和我在沙滩上找青口贝，当她去买糕点时，我则会羡慕地看着那些擦了防晒乳在海里游泳和玩水球的姑娘们。我们会在岩石堆里找个缝隙尿尿，站着尿。回家的时候，已经精疲力竭，一年的份额已经用完。乏善可陈。特立独行的叔叔，我明白这是什么意思，有点怪，但是并不癫，体面、风趣，不像我的叔伯们那样嗜酒如命。特立独行的叔叔只存在于体面的阶级。我了解那些作家和他们笔下的沙龙、公园，当小学老师的父亲和喝着茶、吃着玛德莲蛋糕的年迈姑妈。一切都是那么美丽、干净、恰如其分，和我梦想中的一样。而我，我什么也写不出来：我家的房子，平庸无奇，我的父亲，一个简单、和蔼、举止粗俗的男人，我的家庭就像小说家笔下的穷人和低等人。只能通过阅读的片段、想象和目录……来杜撰。试着找出一些有品位的、诗意的、和谐的东西……麦田、塞纳河上的帆船、阿尔卑斯山上的茅屋、闪闪发光的钢琴和当牙医的叔叔。

然而，什么都逃不过我的眼睛。我只是假装视而不见，把自己关在房间里面读书，对咖啡馆里的饮酒作乐充耳不闻。可它们无孔不入。对着镜子泪流不止，双拳紧握，烦死了，受够了！我那时十三四岁。起因就是一件微不足道的小事。一个家伙从咖啡馆里跑了出去，吐得一塌糊涂，母亲的怒吼："一无是处的蠢货！让你在这丢人现眼！你这种人搞不好会害得我们关门！"一群人跑到食品店门口围观。明天，肯定又要惹一堆闲话……受够了。一切都让我感到厌恶！无处可逃。德妮丝·勒叙尔，食品杂货店和咖啡店店主的女儿，一边是摆得满满当当的一排排廉价食品，一边是餐桌上醉得东倒西歪，还在等着"再来一点儿"的老家伙们。他们是在勒叙尔家酗酒！那些令人恶心的眼光、克罗帕尔街给人留下的印象，这些都在我身上留下了烙印……在这不洁的地方，夜深人静之时，偶尔用手指触碰那令人发痒的娇嫩区域简直算得上一种天真无邪的游戏。为什么他们会选择这样一个让人恶心的职业……他们本可以卖些明光锃亮的家具，上漆的，弗米加塑料贴面的，当我经过那些开放式的奢华房间时……或者卖五金配件，涂层的，闪光金属件的奇异陈列，光亮如新。或者卖书，不过这就有点异想天开了，我的父亲只读《巴黎-诺曼底》，我的母亲更是只看连载专栏。或者开一家甜品店，卖些要用蛋糕铲小心翼翼地铲起来的漂亮糕点。旁边放着几升红酒或是敞口的黄色土豆粉袋……再或者，市中心的那种门口停着旅游大巴，大学生或是白领丽人们喝一杯维特尔-喜悦 21 或奶咖，有软垫长凳、冰淇淋和大咖啡壶的漂亮咖啡店。人们进这种店是为了交流，而不是为了酗酒，一杯接一杯。或者开一间洋气的食品超市，像库普或是消费合作社（Familistère）那种，整整齐齐，配着白色的收银台和放置奶制品的冰箱……这样我就能以他们为荣，这样就与让娜和她家的眼镜店门面，与莫妮克和她家橱窗里穿着新品的模特相当。我家卖的都是些吃的喝的，全是些不值钱的玩意，随意放在店里的角落。纸盒装的廉价香水、圣诞木屐中的两块手帕、剃须乳、五十页一本的簿子。全是些最普通的商品，阿尔及利亚的红酒、一公斤装的肉酱、散装的饼干，每个产品就那么一两个品牌，我们的客人并不挑剔。在咖啡馆，我的父亲给客人们倒的不是什么威士忌，而是一杯红酒，涮杯酒和最后一杯，一杯"小白"[22]。这些人去不起市中心的酒吧，去的都是让他们感到宾至如归的地方。他们不会突然造访，每天都按时前来。要是哪天没来，那才叫人心悬。喝多喝少全凭我父亲掌握："这是第几杯了？——第三杯了！——快，再加点！"我的父亲计着数，晚上便"狠狠敲上一笔"，这很正常，必须要揩点油，听那些人吹牛可不是件易事。这些家伙自觉这是他们的地盘，更有甚者，嘴上就没个把门的，肚子里有什么货就吐什么，那些无法说出口的话，老师们听了怕是要昏倒。我虽不会去听，但是这些牛皮却印在了我的脑子里。根本不用刻意去听，如果我不加防备，便会脱口而出。去你妈的，你喜欢这样，一个老太婆和她的狗，让她出洋相，小姑娘，我，我尊重，小勒叙尔，小勒叙尔，闭嘴……要是个大姑娘就好了……他们那蛞蝓一样的嘴巴流着涎，我知道这群老流氓想说什么，鼻子恨不得钻进纯白的裤裆里，连这也不放过。哪怕我疾风一样走过，目不斜视，他们也会斜眼盯着我。这都能让他们心里发痒。那些一言不发的，歪歪斜斜倒在椅子里的，都是些被酒泡烂了身子的人，肚子里我想可能还漂着几块肉。这群人别无二致，名字只是代号，行动以尿意和入厕为节奏。大家可以明显地感受到他们的醉意，颤抖的手指，纽扣要解半天，对于他们来说，尿尿的乐趣之一，或许也是唯一要紧的，便是盯着尿的弧度，希望它永远不停。事毕，目光呆滞地收回那软趴趴、满是酒气的东西，那纵欲过度的玩意儿甚至比不上羊的那东西。可不能在那之后在院子里碰上他们，我可不想知道他们那乜斜的眼里透露的信息，真不知道这个世界上怎么会有这种人。为什么我的父母非让我见到这种人和他们那令人作呕的动作。扣上扣子后，还要挠两下，再把手指凑到鼻孔甚至是伸进嘴里，被淋湿的羊皮上衣的味道，骚上加骚。一半的时间，总有一个人会站起来，打个转，然后倒在墙上。他会又哭又笑又吐。每每这时，我的父亲便会把这人扶到地窖去醒酒。一睡就是几个小时。离我不到十米。我把脸贴在衣柜的玻璃上，直到脸色变得青白。我恨他们。他们就应该关张，随便做点什么别的都好。然后买一个围得严严实实的房子，再也不用看见这群老人渣。我继续着学业，上的依旧是教会学校，他们始终无知无觉。

对食品杂货店，我的厌恶之情稍微少一些。十二度的廉价红酒、茴香酒或是烧酒，这意味着颤巍巍的双腿、呕吐物、劣质酒和软趴趴的"鸡鸡"。我母亲卖的东西没有那么恶心，品种更多，更多固体：方糖、沙丁鱼、散装黄油、一百克的波尔萨鲁奶酪，一双十八寸的袜子。量都不大，那种把车装得满满当当的情况和我们无缘。杂货店的客人通常都是晚饭前或夜宵前来购物，找点能当饭吃的东西。她们会自带瓶瓶罐罐，摆得到处都是。她们优哉游哉地等着我的母亲来为她们服务。速度很慢。她总是找不到想找的东西，只能到处乱翻，爬上梯子去拿放在干燥处的饼干和包装袋。为了找一袋 U 形发卡，她会把整个抽屉倒过来翻。有时，一些顾客还会趁机顺一块加朗多斯奶酪[23]。每天晚上，客人们都会拿着奶罐过来，上面布满干的奶渍，像石膏一样，她们从不洗罐底，我的父母也一样，盘子上总有鸡蛋和酱汁的残余："这些玩意儿堵不了屁眼！"客人们其实也不知道该买什么："拿点这个，还有那个。"然后，突然，她们问起了杜瓦讷内[24]的鲭鱼和卢斯图克鲁[25]系列。"唉！卖完了，今天没有人送货。"当我在厨房里听到这话时，羞愧万分。我们家总是缺货。"不用进那些卖不出去的玩意"，我母亲说道，那些快要变质的卡门贝奶酪、发黄的鲜干酪和长霉的番茄都快把家里给堆满了。她会在一公斤的糖或面条的袋子上潦草地记账。"轮到谁了?"到了月底,便是一团乱账。那些在本子上留下姓名的跑来还账,接着是邮差,租金……我的母亲会一页一页地对账,核对三遍,要是结余丰厚,她便会拿一包糖赏给小娃娃们。他们需要我们,哀哀诉苦,切切恳求。"月底一定清账,一言为定! 你知道,家里有人得了麻疹。"我的母亲可不是好骗的,她会四处打听:"没问题,没问题,听说你在乐都特[26]买了条裙子,想来也不差钱!"讨债可不是件容易的事,她得跑到客人家登门拜访,完事后两人又像闺蜜一样坐在一起喝咖啡。尽管如此,客人们一旦有了点钱便会跑到市中心的库普或消费合作社去购物。我看得明白,这些人都是贱人,只有没钱的时候才会到我家来。勉强打个招呼。我的母亲暴跳如雷:"跟她们打声招呼会要了你的命?"我总不能和她说,这些人总赖在这里,口中谈的都是"那个勒叙尔"。她们会从隔开店铺和厨房的玻璃窗里窥视，对我们的吃喝了如指掌，甚至能听到我们在她们头顶上尿尿。她们有时下午就会跑来，讲一些可怕的事情。流血、潮热，还没来初潮的我就已经对绝经了如指掌。她们把房子"拆了又建，建了又拆"，怀了父亲孩子的女儿，酗酒的老公，马虎的佣人。她们滔滔不绝地说着那些可怕又绝望的故事。这些故事凝视着我，仿佛昭示着我的未来：嫁给一个流氓，变成一个身边围满嗷嗷待哺的孩子的肥婆……如果我听了她们的话，放任自流，假如我像以前一样爱这个家，那么我以后一定会变得和她们一样……所有的人都盯着我，那些老家伙和街区的小屁孩，他们喊着"你好，妮妮丝！"客人们也盯着我。当着我父母的面，他们装得毕恭毕敬："她很有头脑，脑子好是最重要的！"可他们也很担忧，生怕这些书会把我弄昏头，他们举了很多男孩和女孩的例子，都没能继续学业，因为学习太难了。他们总能找到借口让人陷于泥淖，醉生梦死。他们将这种恐惧深深地植入我的体内。毕竟,我生于他们那个阶级,重新回到那里更加容易……不!我宁可当个妓女!我曾在《这就是巴黎》杂志上读到过一些失足女性的自述。至少,她们从曾经的深渊中逃出来了。我要离开,要逃离,在《拉鲁斯词典》中搜寻一些奇怪的词:快感、妓院、发情,这些词的定义让我想入非非,纸醉金迷的生活,东方式样的浴室,我在散发着香气的臂膀和大腿中穿梭。只要是美的,那必然是幸福的。它必然不会存在于那呜咽的门铃声和果酱罐里黏糊糊的圆形污迹中。"好"这个字经常与干净、美丽、活得轻松、会说话这类在法语课堂上被归为"美"的这个字混用。相反,坏,则等同于丑、黏黏糊糊、没教养一类的词。可这些我早在上学前就知道了,它们就活生生地在我眼前。那些老家伙都是些老流氓,女性顾客则个个脑袋空空,而那些成天与仪容整洁、身穿印花睡袍的男性一起生活的时髦女性说得有理,在那种环境下生活的人不可能是坏的。在院子里随地吐痰，放屁，不刷干净盘子，穿着衬衫睡觉，张着嘴吃东西，这些都是劣行。要想和班上女孩们的家庭一样体面，我们缺的东西可不是一星半点。不是改几处细节，换个窗帘，给楼梯打个蜡，提升一下品位就行了的，一切都需要重新改造，从头到脚，从房间里的鸭黄色塑料地板到满是盐渍、纸屑和铅笔的柜台。我的父母居然压根儿没有注意这些，这让我十分不解：明明只需看看共和街上的那些别墅，医生的等候室，皮椅和金边桌，哪怕看看报纸就能发现更加漂亮整洁的摆放方式。市中心的那些商店，窗明几净，一眼就能看到里面的货架、陈列柜、白得发亮的工作衫。有一年，他们把咖啡厅重新粉刷了一下，选了浅绿和铅红，搞得四不像。他们在墙上贴满了"中午，七点，是贝尔杰的时间"[27]的广告，圆的、椭圆的、罐状的、杯状的。我母亲有她的一套理念，窗帘要买纯棉的，不然就是"霓虹的"，她一直都分不清"尼龙"和"霓虹"。杯水车薪：谁会在意一个外墙剥落，门面矮小，招牌上的咖啡二字都被一分为二的店铺挂的窗帘好不好看……当我到别的女生家里去还书的时候，我总是一心想找到他们家的缺点，缺了口的盘子，掉了漆的厨具，要是找到了，我就会非常开心，因为这会拉近我们之间的差距。我没有意识到，是的，连我都没有发现这点，在一个整体如此豪华的家里，有一点缺憾或污渍实在不值一提，这甚至能避免是暴发户的嫌疑。家里没有餐厅和门廊是最让我恼火的地方，夹在咖啡馆和杂货店之间的厨房，也是接待客人的地方，聊胜于无。桌上铺着一年一换的防水桌布，到了年中的时候，图案已经褪色，边角处也卷得和干了的加朗多斯奶酪一般，三把椅子，装满了脏盘子或脸盆的水槽……要是哪天我家有了冰箱，那会是我一生中最幸福的一天，杯子放上冰块，加上冰镇酸奶，这样就能邀请小伙伴们来我家了！可我不行。更糟心的是，家里没有洗手间。不管是房间里的马桶还是院子里露天拉屎的旱厕，都见不得人，偶尔还会满得溢出来。食品杂货店墙角的霉菌，杂乱的陈设……我多么想要白色的冰箱，漂亮的格子柜，处处干净整洁，几乎达到医用级别，这样就能让我忘记我们卖的是咖啡和盐。在这里，必须拥有一双鹰眼才能找到一瓶薄荷酒或一袋香草味的糖。我的母亲把东西都堆得歪歪斜斜的，罐头堆一天要倒下三次。她把一切没用的东西，旧纸箱、陈货、要退给邮差的破损件、放了樟脑丸的缝纫用品、被她一脚踢开的挡道的变质水果，统统塞到柜台底下。在自然科学这门课上，我学过卫生条例，如何对抗病菌，巴氏消毒器，加氯法。在家里，我看到的是苍蝇围着肉酱和奶酪打转，母亲手拾烟蒂，那些患了痨病的酒鬼通过从咖啡馆蜿蜒至厨房的烟雾四处散播他们身体里的腐败病菌，盘旋于我们的餐盘上……洗漱成了一种执念，要能有一个满是泡沫的大浴缸会是多么幸福。十八岁那年，我在大学城洗了人生中的第一次淋浴。并没有想象中的开心。那天正值打扫日，淋浴间满是洗涤剂的味道，我还一直能听着旁边女生的梳洗声。有点尴尬。

我总是害怕回去看他们。一下火车就开始了。如果我去的是其他地方就好了。从百米开外瞥见那黄色的外墙开始，我就垂下了眼睛，没法直视，命中注定。多年来，我做梦都想着他们能搬家，改行，随便去哪里，最好去工厂。门口堆满了各种纸箱，我闻闻味道就能知道里面装的是油、洗衣粉还是糖，从没出过错。与客人们面对面。他们已经有十年不卖散装粗盐了，但是那股味道依旧没散。在客人面前，她有些尴尬地吻了吻我，他们家的女大学生，奇迹女孩……而他则在厨房弓着腰读他的《巴黎-诺曼底》。他已经变得一无是处，只能削削土豆，做做饭，推推牌。我们一小时说的话不超过二十个词，但是他们真的很开心，我一个月最多回家一次，这让他们有点伤心。我和往常一样拿了很多吃的，雀巢咖啡、无花果、饼干。他们一点也没有起疑。那么和蔼可亲，太和蔼可亲了……

肮脏、污秽、丑陋、呕吐物……我怕是什么病菌都感染上了。这都是他们的错，要是……不管老师如何苦口婆心地让我尊敬家长。我就是个小恶魔，一个肮脏的小孩，无可救药……我恨他们，两个都恨，我多么希望他们是另一副模样，得体大方，在现实世界里也能拿得出手。"一切都让我震惊"，《拉加德和米沙尔》里的一句话，也许吧。那些文字追着我跑，逼着我做判断、比较。伏盖公寓[28]里的饭厅，至少还有个饭厅，而我家却连饭厅都没有。"饭厅有什么用？得腾出地方招待客人！"他们凌驾于我们之上，攻城略地，比巴尔扎克和莫泊桑写的可怕十倍。要是缺了椅子，他们就会跑到厨房来拿，这样一来连坐的地方都没有了……这都怪我的父母对他们听之任之，他们喜欢这些人，而我对他们毫无兴趣，哪怕我在"学"……当椅子被还回来时，上面全是烟灰，被他们那浸在红酒和烧酒中的屁股坐得发烫。"他们又没有疥疮！哪儿都一样！"我不该抱怨，但是快十五岁的我真的很想一股脑儿地对他们说：你们错了！真实的世界是彬彬有礼，穿着干净整洁的。我无法再独自承受这一切。让他们和我一样看看他们的客人、他们的家是多么的不合时宜，那样丑陋、让人抬不起头、令人羞愧……要是他们能改变观念，然后我们一家三口搬去市中心，住进一栋带电梯的公寓里。可这不可能。他们只懂得以买卖为生，赊账经营。"别烦我们！快去学习！""你以后想干什么就干什么，好好学习，找个好工作！"在这种环境下，我如何能奢望自己有朝一日能脱离勒叙尔食品店，坐上牙医门诊那样的皮椅，让堆满梅花形罐头的橱窗变成精铁铸造的规整栅栏……无论如何，我的身上都会留下父母的烙印，他们的牢骚、品位和说话方式……这一切都会成为我离开那里，起身向前的绊脚石。我和那些说起自己的家庭和教父教母们就一脸幸福的女孩不同。当人们让我说说自己的家庭时，我会假装自己有一个真正的家。

"您的爸爸，您的妈妈"，老师说，"问问您的家人。"我们将会邀请你们的家庭，家庭成员们会欢呼鼓掌……我的家不是一个真正的家。我知道真的家应该是什么样的：有一个爷爷，一个奶奶，白发苍苍、鬓发整齐，奶奶在家做果酱，爷爷则带着孩子们去公园。我的爷爷已经死在了敬老院，而我的奶奶曾是一个浆洗和缝补衣服的女工，现在基本已经不出门，住在我的一个姑姑家，她只会讲方言，会做的也只有面条和鸡蛋。我的那些叔伯阿姨只会在节日期间登门，一来就大吃大喝，要是可能的话，他们怕是会把我们家吃空。"你们家什么都不缺！"他们都是工人，没什么技术，干的都是体力活。"妮妮丝，看来得盯着你呀，你吃得可不少！"我的父亲会马上让他们闭嘴。"别瞎说！她还要学习呢！"除此之外，他们也找不到什么话和我说了。我的父亲既要照顾顾客，又得陪他们。我的母亲则把兔肉汁倒在上衣上了，这总让大家哈哈大笑，可我却笑不出来。手拿酒杯的她开着玩笑，闭眼唱着《高大英俊的他》。看来，今晚她肯定不醉不休。有一对笑容可掬、举止有礼的父母。她会花四个小时做糕点，而他每晚下班后都会按时回家。和杜拉顿家一样。每周日，都会开着"太子妃"[29]轿车去野餐。我们会钓鱼，采蘑菇。像《妙龄女孩布里吉特》里写的那样。可他们哪边都挨不上。只有无穷无尽的怒吼。"你干嘛呢？就是个废物！"他被骂得哑口无言。"臭娘们，就会鬼叫！"半晌，他才回击。家里是他做饭，她管账、收信，打发那些销售代理。为什么他们不能像其他人一样？我总是为此懊恼哭泣。"别惹我，家里什么不是我在管，要是我哪天死了……"我听不下去了。$ax^2+bx+c=0$，为什么他们要这样对我，他们会毁了我的学业……哪怕正骂得起劲，只要门铃一响，她便会立马跑过去，流畅地说出："您好，夫人！"而他转身便投入"四方城"，大喊大叫，斗志昂扬："你想输的裤子都不剩？"我……晚上，他们一起与某个醉鬼斗智斗勇，将他赶出门去。吃饭的时候，边吃边谈论那些酒鬼的差别。我无话可说，眼观鼻，鼻观心，盯着我的餐盘，对我来说，他们说的话和外语无异。My mother is dirty, mad, they are pigs!（我的母亲又脏又疯，他们是猪!）只有用英语的时候，我才能放纵自己骂他们。他们的动作让我惊恐，只有那些没有教养、不知礼数、不善言辞的穷鬼才会那么做。从来没有分享，所有的东西都在一边。他们毫不在意，从未想着变好，这才是最要命的。吃饭，我可真不愿意看他们吃饭，尤其有好菜的时候，比如鸡肉、奶油蛋糕这种，他们便会埋头苦吃，甩开膀子，暴风吸入，连话都没时间说。点心在唇齿间来回，再来口酒咽下，满足的叹息，盘中堆满了吸取汤汁的面包块，抿一抿，吸一吸，再泡一泡，逐渐变软……我的母亲用食指剔了剔牙……她怎么可以！他们可是我的父母！真是丢脸！如果不是您的父母，您会有什么感觉……没什么感觉，纯粹围观，鄙视。可这是我的父母，我的！我看着他们狼吞虎咽，毫无廉耻，他们唯一的快乐，和那些客人一样，就是吃。他们生就如此，也乐得顺其自然：咕咕叫，咕噜咕噜，叹气，展臂。他们一点也不注意隐私，什么都敢展示，脏内裤就那么晾在阁楼上，假牙也随意扔在脸盆里。茶室那些举止斯文的女士都是用齿尖吃饭的……我真希望他们能更审慎，多点分寸和羞耻心。可惜，只有风卷残云，杯盘狼藉，肮脏不堪和吞咽之声。本不应该对此评头论足。可对我来说，这事不仅仅如此简单。历史书上有一张图，"十八世纪一个正在喝汤的农民"，大家都说那是我的父亲。所有这些羞辱，我都算在了他们的头上，他们什么都没学过，就是因为他们，大家才会嘲笑我。就连他们说的话也被大家说是不对的："不对""俚语""粗俗""勒叙尔小姐，难道您不知道我们不这样说吗？"错的地方在于，这是他们的语言，尽管我已经这么小心翼翼，在学校和家之间立起一道高墙，这语言还是穿了进来，在作业和对答之中现了形。我身上也带有这种语言，我曾大量接触使用过，在那些酒鬼面前开过玩笑……我越发恼恨他们，我的父母……

我是个怪物，要是他们不爱我就好了……他们虽然和我没有多少共同语言，但只要是我想要的东西，书、书桌、书架之类的，他们都会给我买。她会踮着脚尖走到我身边问道："你想不想买把扶手椅？这样写起字来会更舒服。你可以自己选！"书……还是书……她对书本深信不疑，如有可能，甚至会让我把书吃掉，她把书当作圣人一样供着，搬的时候都要用双手捧着。她有点担忧地问道："你还没有这本吧？"她总觉得自己对我的未来和知识量作出了贡献。她不愿意我把书弄脏，告诉我要尊重它们。却不知道，正是这些书让我对她关上了心扉，让我更加地远离他们和他们的咖啡食品杂货店，向我揭了他们的丑。她洋洋得意地炫耀："她有那么多书！她只要书！"也许是吧。扶手椅和书架都只能摆放于那些毫无品位的家具之间，什么也改变不了，但是书，书治百病。贱人，我很羞愧……越来越羞愧。这不是真的，我并不恨他们。当我前往忏悔室时，我的脑中会浮现他们干活的样子，那些格子，那些账目，灰色的形象……让我热泪盈眶……爸爸妈妈是唯一关心我的人，他们是我的全部。他们变得高大伟岸，笑容满面，我脑海中的他们和蔼可亲，忘我奉献，出类拔萃。他们一心只想让我成功，让我幸福。他们也许是对的，哪怕现实并不如此，哪怕我如此焦躁、自闭、不幸。他们甚至都没能得到嘉奖，这就更值得赞扬了。以后，我会感谢他们，我会报答他们。我泪盈于睫，为什么我如此忘恩负义？可一回到家，感激之情就烟消云散，我再一次陷入失语。他们不应该那样动来动去，坐应如钟，也不应该开口，因为他们不会说话，我要向他们指出所有该做的和该说的，把我会的都教给他们：代数、历史、英语，等他们知道的和我一样多，我们就能一起讨论，一起去看剧……我的双亲，还是那副模样，还是那副躯壳，但是改头换面……能够全心全意地爱他们，不再憎恨他们的生活，他们的活法，他们的品位……我梦想着自己能改造他们，等他们改造好了，那将会多么美妙……无法爱自己的父母，还不知缘由，这让人无法忍受。我向谁去说，我讨厌自己父母的理由是：每天早上父亲往马桶里撒尿时，我都能听见，直到最后一滴；我的母亲会皱着眉把手伸进裙子里搔痒；他们只读被老师认定为低级庸俗的《法国星期日》；他们会把"酒店"说成阴性词，将"把手"说成阳性词。其余的，不是当事人是不会懂的，一天二十遍："你怎么样？天气不错，某某人死了，给我倒最后一杯！"其余的人，那些局外人，比如学校的博尔楠，他们评价这种语言时张口就来：群众的语言，人民经验的结晶，质朴天然。朴实的生活、农民的智慧、小商人的哲学，这都是知识分子的蠢话，他们的父母既不是女佣也不是水管工，完全不是那么回事，错得离谱。带着包装袋大口吃着熟食，在海边等着旅游大巴，看《刺猬画报》笑得前仰后合，边打嗝边说"对不起"。对于一个十四岁的孩子来说，这种生活无法逃脱，甚至不敢去想。现在，我敢对自己说了，这变得很容易，因为我成了博尔楠那边的人，没有人会相信我是那样长大的。孤立无援。

我的厌恶之情，愤怒的火焰。都是他们的错……不，他们生就如此。我的祖母是个洗衣工，我的祖父和外祖父都是农场的短工。"我们准备做点小生意，除此之外，没法做到。"做到什么？"再也不用在工厂做工，老板总在找茬儿，身边都是一些吃大锅饭为老板打工的苦力……"他们最得意的："我们这什么都有，除了鱼和肉。"当商人、杂货店店主，比当工人强。我们自食其力。"别忘了，多亏了这生意，你才能读书！"所以，这是我的错，永远不知足，没有良心。总有一天，我要朝着他们的脸上吐唾沫……我和那些羡慕我的生活，周日到我家来买醉的贱人，十四岁就辍学的那群人不一样。输的是我的父母。一切已成定局，他们也没法换一个。要是我死了，他们恐怕也解脱了。讨好我这个除了买书以外从不言谢的东西，估计他们也受够了。

我也恨自己为什么不能对他们更好一些，和其他孩子一样温柔，对他们满怀爱意。我也曾开开心心地期待过我家的"茅屋夜话"，可他们，他们表现得像两个老傻瓜。都是他们的错。我才十四岁，可我的世界已经不再属于我。陌生的父母，陌生的环境，我再也不想看到他们。唯一能让我和他们产生连接的时候，就是我的恨意或愧疚爆发之时。

更可怕的是，我的班级，那些女生，也并不是我真正的栖息之所。哪怕我用尽全力。"做得好，有天赋的学生，前途光明，进步很大，成绩很好"，关于我的评语永远就这么几句话。这是我唯一的成就，孜孜不倦的追求。两三个低分就能让我不复存在……后来，侮辱的形式变了，可我依旧总是觉得它随时都会从四面八方喷射而来，我是那么渴望变成玛丽·特蕾莎和布丽吉特，那么多完美的偶像，理由也很充分：在手上摇晃的公文包、马尾辫、翻领的黑毛衣、无声轻便的平底鞋。她们口中谈论的是一个新的世界，摇滚、西德尼·贝彻[30]、家庭舞会、非常好的家伙们，似乎是一个更容易进入的世界。一件毛衣、几条长裤，这些东西他们还负担得起，从收银台拿几张票子就行……终于，和她们一样了，同样的烦恼，同样的话题，同样的穿着……使用和她们一样的语言，穿上同样的衣服，这样，咖啡食品杂货店、撒得到处都是的红酒和满得要溢出的厕所应该就能消失不见。那些女生，她们也会与父母发生冲突，为了一场电影、一次外出、一条裙子。她们事无巨细地讲述他们之间的争执，父亲的一锤定音。都是些废话、无病呻吟、琐碎小事，和我的感受天差地别。我呢，在外面，我给了父母最高的敬意：我从来不提他们。直到某一天，我懂得了在重大场合介绍他们是好的教养和好名声的保证。为了和那些女生一样，我改了改和父母争执的缘由，硬说他们拒绝了一些我连提都不会提的要求。努力与他人相仿，消除"那个"，某天在学习拉丁文语法时感到的那件事。"我需要朋友"[31]，我读不下去了，那感觉愈加强烈。与格与动词。过于强烈，用手吧，可要是母亲这时候来了……"需要"。美妙至极。规则的例外。那感觉如电流划过，令人畏惧。不过，这下总算可以继续念了："我需要朋友。"这事只会发生在我身上，虽然我并不是有意为之。一个可怕的秘密。我有些沉迷，就是站在柜台后卖土豆时，也会情不自禁地乱摸，顽皮的指头想重启那五分钟的荣光，热翼之鸟，那般沉重、庄严、巨大，抖几下就死去了，落在床单上的灰尘中。喉咙、私处，处处罪孽深重。不过，这瘙痒绝不会在学校出现。再一次，这感觉只会发生在无聊的假期午后，在我家，与咖啡馆里的笑话相关……我再也不曾在忏悔中承认过这些。在接受宗教教育的时候，我会屏住呼吸，为的是不在我那些同学的纯洁面孔前露出自己知道甚至了解神父话中的影射,那些不良的想法和不名誉的行为。肮脏、龌龊、淫邪、歇斯底里。书本、字典里都有提到。然后,一天早上,我得到了净化,这拉进了我与其他女生之间的距离,欣喜若狂。我等了它那么久,还以为是那件事阻止了它的到来……整个早上,我都感到有什么东西时不时地滑出来。在厕所里,一条紫红的血舌,如同暗礁围绕的潟湖,中间澄清,坐卧于白色的织物之上。从那神秘之所深处流经的血液,在日光之下干涸,其芬芳馥郁如同碾碎的天竺葵……我焕然一新,干净如初,重获新生。进入了女生友爱大联盟。我的母亲已经三年不"见血"了,她一言不发,从衣柜里拿出她的月经带。我终于和其他人有共同点了:痛苦的表情,小声地呢喃:"我今天不上体育课了!"看着那染红的小布条被送去洗涤,我满怀伤感。一个月,也太久了。要是它只来一次呢……那纯洁的血液已经是两周之前的旧故事,我很担心,担心我会因为自己的罪过而失去月经这一恩赐。好在，那红色的洗衣水每月都按时到来，每一次，我都能重新闻到阳光炙烤的野兽之息……

某个周日，我一直等着它，好几次，我都以为它来了。到了周三，我知道它不会来了。想起来，近六个月来，它能来都是个奇迹。只做了像儿戏一般的防护措施。真正的惩罚终于降临了。血袋就是固执地不肯脱落，日子白白地流逝，依旧一片纯白。我早就把惩罚连同丑陋、肮脏、污秽的咖啡食品杂货店，以及个人对那些行为的愤懑扔到了九霄云外。那个在领圣体仪式上出丑、与亢奋愚蠢的玩伴手挽着手的下流痞子、受气包德妮丝·勒叙尔早就不存在了，取而代之的是一个自信心爆棚、绝不会被羞耻心、对父母的感激之情、对上帝让自己拥有学习机会的感恩之心找到一丝破绽，摆脱了那些假道学束缚的人。不久之前，我还会因此哭鼻子，四个小时上课，三个小时在图书馆自修，那些皮肤粗糙、沐浴后干净清爽的男生。花好不常开。水龙头已经拧上了。总是担心我会失败，终究给我招来了霉运。我总有一天要当面奉还。她在阁楼上晾晒的吸水的月经带，和夏天照在上面的一道道光线……象征着纯洁和安心。可实际上，假期中，那隐秘的欲望早已在百叶窗后蚕食着我的内心，而她却一无所知。"她什么都不缺，她只爱学习。"

高一、高二的时候，我已经不再想那么多了。我会在厨房里盯着那些偶尔误入我家咖啡食品杂货店的长得还不赖的男生。要么是某个客人的巴黎表亲，要么是系着领带、戴着袖扣的旅行推销员。我转过身，嗅着，像个疯子，我梦中那个金发男孩是否长了这样一张脸……不到一年，我已然明白，我家这个圈子是没什么指望了，都是些工人、拘谨的学徒、农村小伙，我可不想和他们约会。班上的女生谈的都是舞会和穿着达夫尔大衣、喜欢布拉桑[32]和爵士乐的可爱男生。那些初中男生会在舞厅附近等她们。变得和她们一样，尝试这些新鲜事物，和其中一位男生约会，只有他们才是值得的人。我兴味盎然地学着那些中学生的俚语：围城（学校）、烟、兔子（白嫖党），我的父母听得一头雾水。"élctrophor 是谁？""是 é-lec-tro-phone！""都差不多，这有什么用？那个什么布拉桑奇还是布拉山奇的都让你昏了头了……"他们总是吓唬我："要是你拿不到中学文凭，就等着在柜台干活吧！"她曾在《时尚回声》中读过成人礼舞会和高中第一年，从此便一直忧心，连班上的女生都不放心。"只听老师的话！"终于，我感到自己和那些女生一样了……她们不再关心冰箱、雪铁龙 DS19 系列、海边度假这些，而是詹姆斯·迪恩[33]，弗朗索瓦·萨冈，"奶牛皮上一朵娇艳的花"[34]。这些，都好学。我剪下这些明星的照片，在木桌上刻上詹姆斯·迪恩的名字，一口气看完了别人借给我的《你好，忧伤》。要知道，我母亲读的是《知心》杂志，也是因为她，我曾把德利当成伟大的作家。我从没这么恨过他们！我的父母，他们什么都不懂，两个蠢货、乡巴佬！既不懂音乐，也不懂绘画，除了卖酒和在周日敞开肚子吃鸡，什么也不感兴趣。在我生活的这个变化的摩登世界，他们更无立锥之地。在清醒的时候，我仍觉得自己粗鄙不堪，我也不知道为什么，也许是因为他们，他们的低俗品位和言行举止。女生们的嘲笑："你居然喜欢路易·马里亚诺[35]！"那副让那些最可爱迷人的女生讥笑的眼镜："你这是在一元店买的吗？"还有我那头永远无法捋直，只得用一根过短的马尾辫扎起压平的曲发……我不曾与她们有过对话，什么都是她们教我的，而我却没有什么值得讲的东西。她们不再对我在学业上取得的成绩感兴趣，也没人讨论高乃依和刚刚去世的布拉克[36]，虽然我也不知道他是谁。克里斯蒂亚娜是一个我无法企及的榜样。她的父亲是一家电影院的老板，她会划帆船，她的皮肤晒成了古铜色，说起话来丝滑流畅，像唱歌一样，一个天使。她永远，永远都不会成为我的朋友，当然，我也不想，珠玉在侧，何必自取其辱。

我的朋友是一个小气的农场主家的女儿。不怎么会打扮的她会骑着一辆破自行车去学校。她叫奥黛特，班里的第二名。我们从来不谈自己的父母。一天，她本想到我家来替父母买菜，我找了个借口把她打发了，他们要的东西恐怕一大半我们家都没有，那可太丢人了。我从没想过她对她的父母和阶级的感觉会和我一样。我觉得，我们之所以能玩到一起，主要是因为有同样的品位和性格。我们都是好学生，在写作和论文上相互"别苗头"。我其实并不是真的喜欢她。文学老师引用过蒙田的一句话："因为是他，因为是我。"我觉得这话有点夸张。一天，看着她拿着一支镀金钢笔，那是她初领圣体的礼物，我突然生出了要把它摔到桌面上的想法，笔尖朝下。我们都是被孤立的对象，但并不自知。在折扣季的花车游街活动，青年节的游乐会或是越野摩托车节时，我们手挽着手，大笑着分开，寻找着一些我也不知道是什么的东西……"乖乖地玩"，我的母亲边说边往我手中塞了一把硬币。玩什么？公立学校的小女孩们穿着宽大的白裙列队前行，每走几步就停一下，风扬起她们的裙摆。在我们身后，一群男人傻笑着，音乐声咿咿呀呀，窗台上人头攒动，如同蓝天下插满针的针垫。游行过后，还有烟花表演，故人重逢，男孩们的大呼小叫。各个拘谨腼腆，缺乏风度，都是些农村小伙、工地或工厂的工人。奥黛特很快就和他们搭上线。而我，我没法回应他们：他们的笑声、浑圆粗壮的手臂都让我想起了所有我厌恶的东西，粗鄙、大喊大叫、污言秽语。他们无法给我带来书本中的纯洁爱情，《莉赛特》或《晚安》杂志中的无邪绮梦，他们的双唇紧闭。我无法从他们身上找到一点不属于我们这个阶级的标志：一个"极好"的人、布拉桑的歌。也丝毫没有周日那些中学生的影子。城里的消遣、寻宝游戏、市政府门口舞台上的评选节目，这些都是乡巴佬的活动。我回到咖啡食品杂货店，母亲又在嚷嚷："你从不按时回家"。明天，其他女生肯定又要讲她们的家庭舞会、海滨赌场的下午时光，以及一群人一起参加的愚蠢舞会。和不错的男人约会，变得极为讨喜，我都做不到。奥黛特其貌不扬，她给我带来的都是一些烂桃花。她喜欢和芥末酱厂的男孩嬉闹。一个浪荡货。我不想承认这点：我恐怕也是其中之一。在新品陈列窗边，不经意照了个镜子，发现自己鬓发凌乱、满脸傻笑、唇歪齿斜，毫无品位。其他女生的身上都有一股子优雅，举手投足之间尽显风范，她们无论是笑、跑，还是起身回答问题都浑然天成，无需思考。我的身体则总是过于僵硬，在玩伴眼中，我的动作活像一个重新学习如何走路，随时会摔倒或出洋相的残疾人。我自以为和我的父母不同，但我走路的姿势和母亲一样，笑的时候也和街区的女孩一样用手捂着嘴。起身的时候，我会猛地一拉裙摆，让它离开椅子。在家的时候，我做这些动作并没有觉得有什么不妥，可一旦离开家，我便觉得自己的言行举止都有问题，却不知道该怎么办。如何开心地边吃冰淇淋边转甜筒，如何从容地将公文包放在地上，如何优雅地伸出双手几乎成为了我的梦想，一想到自己平常那拿着面包和黄油狼吞虎咽，吮吸牛奶咖啡，趴在床底满地找铅笔，朝窗户外的人行道上某个位置吐口水的模样，我不禁面红耳赤。十五岁的我比任何时候都像勒叙尔家的人。可是，我总觉得自己身上藏着优雅的基因，一段暂时麻痹的舞蹈韵律，即将苏醒的书中女主角……

终于有一天，学校的一个男生这么评价我："这姑娘，浑身都带着一股松弛感。"这比我数学得二十分满分要开心一百倍。松弛，这个词可不是用来形容乡巴佬和贱人的，奥黛特也配不上这个词，她骑车回家时总是紧握着车把，裙子牢牢地黏在屁股上。我花了两年时间才达成这一成就，和其他女生一样松弛从容，手摇着公文包，说着学校的俚语，认识了派特斯乐队[37]、保罗·安卡[38]和阿尔比诺尼[39]的柔板。其他的也很快就会如期而至，一场"调情"[40]

会让我脱胎换骨，将我拉出我的阶级。我毫无障碍地拿到了我的中学文凭，漫长的高中三年在等着我。"我还要继续上学……"仍有一些客人以为我留了级。"她没拿到毕业证？"我的母亲轻描淡写地回了句，我拿到了更好的中学文凭，不过她也没有太张扬："别让人眼红。"她总怕招来嫉恨，时刻都不放松警惕。他们应该更加注重自己的举止，别再继续用面包揩盘子里的菜汁，更关心一下我，而不是只关注他们的收银台、给送货员的进货单和佣金率。现在，我已经拿到中学文凭了，我比他们知道的都多，可他们仍想支配我……家里的人都在讨论我的好脑子是遗传了谁，可能来自一个祖辈，她十一岁就拿到了毕业证，还有人想给她奖学金。不过最后总要归结于我父母的工作，店铺，那些换得了我的成功、之后还要让我继续成功下去的劣酒……我的父亲洋洋得意地说："要我们是工人，可负担不起，她现在就得去赚钱！"而她，她想得更远："等她之后找个好工作，我们会更开心！"

在家庭聚会上，我总觉得自己格格不入。我身负重任，用嘴唇抿一下烤肉和罐头菜豆。不过，我倒觉得这样挺好，这样我就能在整桌人都在争夺那张我刚拿到的文凭时，想想西德尼·贝彻和别人刚借给我的英文唱片。久而久之，他们终于赢了。一切都多亏了他们，那个十一岁就拿到毕业证的祖辈的聪明才智、借钱的客人、收容所的那群老傻瓜和我那个五点就起床擦瓷砖的母亲。要是没有他们，没有他们记账时的揩油，没有他们在做账时动的手脚，我肯定和他们一样，对英文一窍不通，错别字连篇。他们把所有的功劳都拿走了。不过，我手上还紧紧攥着课堂时光、优秀成绩和评语带给我的荣耀、整个他们从未踏足、无从想象的世界，以及我偷学得来的文化。我还是胜利了。我跑回房间，瘫倒在床上，端详一会儿镜子里的自己，读几行书，学学化学，假模假样地什么都做一点，让他们相信我不是完全在骗他们，我不是一个肮脏败家的坏小孩。除了老师，鬼才会对西拿或向量加法的三角形法则提得起一点点兴趣。我把自己当作愿望的背景板。贴着印花粉红色墙纸，摆着把我觉得还不错的扶手椅的卧室就是间等候室。克罗帕尔街的尽头，市中心才有真正的生活和男孩们。无父无母，无牵无挂，妙语连珠，我跳着恰恰舞，周末与那些家教良好的男孩或大学生聊天。我不再是德妮丝·勒叙尔，总有一个人牵着我的手，指引着我。我无时无刻不做着这个白日梦，一个人的时候，听讲数学演算的时候，上学的路上。男孩们，但不仅仅只有他们。我也会幻想自己在这个他们带领我前往的世界里会变成什么样的女子。这一次，这个勒叙尔配得上所有的人，休闲、时髦……睡在《历史》（Historia）杂志上，自从看到一个"不错"的男孩在读这本杂志后，我就一直让母亲也给我买，我仿佛置身于那离我父母和那些在我家消费的穷工人的世界十万八千里的另一个世界，那里有家庭舞会、蓝色牛仔裤、可口可乐。从女生们口中，我知道她们讨厌风笛舞会、一小杯白酒、费南代尔 [41] 的电影和市政乐团的音乐会，所有我家人喜欢的东西。中学生玩的都是我的家人一窍不通的玩意，试都不用试，白费力气。他们鄙视经典老歌，过时的音乐，在我家，甚至没人能说得出一位音乐家的名字……周末聚餐的时候，他们在楼下吃饭，饭后唱的是《白玫瑰》。和克里斯蒂亚娜"公主"的男朋友约会，无论是拉波特家、索耶家还是里乌家的儿子，只要是这种级别的"好"男孩，那便是一种净化，那就等于摆脱了附于我身的所有家丑，那就是幸福。再也不用与虚空握手，在衣柜的镜子前大喊我的父母都是蠢货，沉溺于自己编撰的故事……

高二的时候，我已经开始没羞没臊地钓起了凯子。谁会教我只有资产阶级才懂的廉耻二字？这又是一个我无法猜对的词，需要潜移默化，是一种内部密码。我第一次看到这个词是在《熙德》中，说的是施曼娜（Chimène），我看得懵懵懂懂。对我来说，廉耻就是不要任由那些老家伙或挖土工人揩油，或是不要让我的父亲看见我坐在夜壶上。追男生谈不上不知廉耻，只是一个机不机灵、有无运气和意愿的事情。"大胆"是我最喜欢的词，干脆、冷酷、带风。我咀嚼着这个词，顺着克罗帕尔街往上朝着市中心走去。背对着最后一栋别墅，脚下是勒叙尔家的黄墙，我仿佛置身通往战场的阶梯。一脚迈出，提着臀，抬着头，我将所有中伤、束缚我的，让我激动的，学校、我的父母、他们像鼹鼠一样的钻营，统统抛在一边，毫不迟疑地丢下：我不会放过任何的蛛丝马迹。那人已经有女朋友了，叫什么来着，总之还不错就是了。我会分类、嗅一嗅、排除，所需的只是一件稍显陈旧的外套、走路的姿势、手臂的摆动、分开双腿的样子，这让我想起了那些在院子里撒尿的家伙。我的眼光很准，"这个人在工地做事"。这就等于判了死刑。市中心的酒吧和点唱机的周围，梦幻组合所在地，拉波特医生的儿子、索尼耶五金店的公子和自带优雅光环的女孩们。继续走，德妮丝·勒叙尔，那里还太高了，时机还不成熟。她们和我是一个班的，但是在这里，她们连看都不看我一眼，一群贱人。总有其他猎物，落单的，旁边跟着一个平庸的同伴，一优一劣。一个红色头发的猎物，略带酸气，配上金边眼镜显得相当稳重……有点英伦范，书呆子，化学反应……一张软壳贝类的嘴唇，人畜无害。手总是放在奶白色的雨衣里。浑身上下散发着秋日的气息和酸酸甜甜的味道，路过的时候，在水晶镜片的作用下，他那湛蓝的目光略失光华。我筹谋着，自导自编，徘徊踟蹰。我计划在十点弥撒的时候制造和他的一次偶遇。他叫居伊·马尼安，家庭条件不错，父亲是位戴礼帽的绅士，高三 C 班[42] 的学生，住在教堂后的那栋公寓楼里。这些消息都是奥黛特从克里斯蒂亚娜那打听来的。我凝视着橱窗和厨房镜子里的自己，在房间里撩起自己的裙子，看看自己浑圆的大腿，很快又放了下来，在我的计划中，应该还用不上它，我们最多只会有个纯洁的拥抱。每天中午和晚上，我都能碰上他，需要加快速度，四目交汇是个众所周知的游戏。我受够了。一个优柔寡断和腼腆的猎物。要赶紧收网，这个蠢货、窝囊废、红头发的臭佬。我没有时间浪费了，第一个学期都要结束了。然后，偶遇，五十厘米开外的米白色雨衣，摆在口袋外的双手。冷得发抖，犹豫不决。德妮丝。居伊。我梦中的火热和激情在哪里？无论如何，他口齿伶俐，不停地引经据典，我跟在后面，有些局促，一直微笑，有点着迷。虽然我早就将他塑造、美化成我喜欢的样子，我还是跟不上。"看来你喜欢古典乐？""确实，我不喜欢爵士乐……"我不敢说自己其实对古典乐一无所知。着急忙慌地从嘴里蹦出几个莫扎特、瓦格纳这样的名字。必须查字典才知道他们谱了什么曲。他和那些"一起玩猜字游戏"的家伙们打招呼，给我看上面有"这磁带录音机，绝了"的杂志。还有一些无聊得想死的故事。和从前一样，家庭、朋友、旅行，而我，什么都没有。永远无法摆脱别人的故事，那些无聊的废话，我的父亲是谁，我的姐姐如何。接下来的问题，我猜都猜得到。为什么我那冷漠的红发猎物不能闭上嘴，和善的言语和举止已然足够，无需滔滔不绝讲这么多废话。也许是为了在人们交口称赞的女孩面前吹嘘一下自己。可我对此毫无兴趣。为什么这个干净有教养的男孩不能与我坦诚相见，非要向我倾诉他的世界。接下来，我掌握了主动，由我来提问，他们非常开心，我则夸大其词、曲意逢迎："能在科西嘉岛上度假可太棒了……"对于我的家庭，我尽量回避。"我的父母是做生意的。"我已经不记得当时自己向他兜售的是哪一套说辞了。而他则直言不讳："我的父亲是个会计。"这让我有些意外，我本以为他比我要强。他总能把蠢话和无病呻吟说得很动听，这点让我印象深刻。我一直很欣赏能说会道的人，这本也无伤大雅，可这会儿不同，我现在无人可以倾诉。我听到了父亲的声音，他正努力地想讲述某件事情，可他过于关注细节，说得颠三倒四，全都是些"我对他说，他对我说"。他也承认，我们没有口才。这好像也是一种天赋，要是天生没有，那就没戏了。当博尔楠顶着那张油腻的脸大谈特谈纪德和普鲁斯特的时候，我真是想吐，满脑子都是"再来一滴水就要溢出来了"，那个能言善辩、舌灿莲花之人，不再对着我说。但那时，我很欣赏那个红头发的小伙，他很有天赋。我也试着和他对话，和他说了说在法语课上学到的东西，可伏尔泰这样的哲学家，他根本不感兴趣。他只喜欢填字游戏、爵士乐和他的伙伴。

约会在下个星期。还有一周的时间提升自己。街角处的父母家正对着我。征服已然结束，那个自带光环的陌生人已经变成一个喜欢出风头、手无缚鸡之力，不自觉就会让我重回那根深蒂固的自我憎恨之中的唠叨鬼。我真想当街大哭，需要补些什么？最新潮的爵士乐，从哪里学，怎么答，我什么都说不上来，有些词我连听都没听过。小蠢蛋，我肯定能拿下你！放弃他已经太迟，就算窝囊也要搞定他，这样才能凭借他招摇过市……吞下自卑。整整一周，母亲身上那件过紧的脏兮兮上衣，父亲那浮着灰色胡须渣的脸盆，还有横七竖八摆在那的豌豆罐头，所有那些我不愿直视的东西，一直都在我的眼前晃。要是让我那位红发男友的锐眼看到了这些，想到了这些……对他而言，我是德妮丝，圣米歇尔高中二年级的学生。我只有这个身份，其余皆是表象和虚妄。总有难受的时候，比如吃饭和经过小饭馆之时。只有晚上，我方能得到解放，坐在摆满脏兮兮餐盘的桌上，就着糖浆大口吞着饼干。为了不吵醒我的父母，我把耳朵凑在收音机旁听着《爵士乐爱好者》。边听边在一张纸片上记下那些音乐家的曲子和名字。仅仅四天，我就已经对爵士乐着了迷，自觉焕然一新，我的这些新爱好，躺在床上和课上的想入非非让我倍感充实。没必要听讲，书上都有，补得回来。我的想象越来越离谱，这火热的约会将会成为我精心设计的一场漂亮翻身仗，街区的穷鬼们，你们快省省吧，看看我交往的对象是谁，你们要搞清楚，德妮丝·勒叙尔和你们不一样，现在证据确凿了吧。不过这不仅仅是一场对杂货店那个世界的胜利……双手、嘴唇，还有那该发生的和即将发生的事情……

约会的那个周六，我深感羞愧、忐忑不安，希望他不会觉得我太蠢，也不会因此去打听我家的情况，更不会放我鸽子……除非家里失火或是我的母亲在柜台前犯了心脏病，否则没有什么能阻止我奔向那双微凉的手，奶白的雨衣，懒洋洋的笑容。还没有完全成功，他看起来有点像，但其实并不是花花公子。当我再次看到他的时候，我得出了这样的结论。他提议一起去市中心散个步，逛逛唱片店，他对爵士乐手真是如数家珍。电影院前贴着明早要上映片子的海报。在市中心的咖啡厅里，我不禁暗赞，要是我的父母能看到这里的摩登咖啡壶和果汁……他点了《小花》[43]"富含叶绿素的?"我一下子还没反应过来。

我们走过了在建的房屋，经过了墓地，走到了牧场。进展缓慢。还在讲老师和伙伴的故事，都五点半了。怎么回事，他是觉得我很蠢还是很丑？我已经穿上了冬天的大衣，这已经是我最好的衣服了。还是他有另一个暧昧对象……我再次陷于虚无。两个人身处两个斜坡之间，站在一条连一只猫都没有的路上，然后什么也没干，简直匪夷所思。我可不愿今天回到克罗帕尔街的食品杂货店时，还没有吻到这个还不错的 C 班运动型男生。我放慢了脚步，看着他，这不再是大不大胆的问题，而是一个逻辑问题，他不会白白和我讲这么多话，我也不用白白听了那么多废话……

一切都发生在一瞬间，头被手臂环住，又怕又爱，被压陷的唇。我有点窒息，脑袋有些发胀，活像某种鱼，哪种来着？我后悔了，我怎么会想干这种事，任由自己乱来。我想象中的接吻应该是像书中描写的那样，是一场充满爱抚的温柔角逐，从容不迫，缠绵悱恻。而他却像只狗一样对着我的脸又啃又咬，眼镜在我的鬓间来回摩擦。不过，没过两分钟，走着走着，随着沉默、喘息、沉默，故意靠近的脚步和搂住我的腰的手，我开始逐渐适应这异常的尴尬。所以，男生就是这样的？我浑身燥热，呼吸急促，毫无经验的嘴唇半张着。细节大量回流，齿碰齿，唇贴唇，耳鬓厮磨，手指在我背部根根分开，一场抚摸盛宴。这种四目相对、无需赘言、相互爱抚的喜悦，这种软硬交织、唇齿纠缠、颈项相交的快感，一直延伸到柔软汗湿的掌心上冰冷僵硬的手指。最美妙的莫过于无声。那个爱出风头的唠叨鬼闭上了嘴，五分钟前那些无谓愚蠢的对话和拉手总算完结了。这狂风暴雨般的肌肤和唇舌之亲让我停止了思考。上帝啊，我真是毫无廉耻。我对这事一无所知，本以为就像在写作课上拿个第一，将那些蠢货踩在脚下，一种报复性的满足。可这种胜利之情和之前的完全不同，我不再和任何人进行比较，也不觉得自己比他人逊色或优越，也完全没去想父母和他们的杂货店，全都成了模糊的剪影。没留下什么褶皱，这让我很高兴。完全不在意他人，毫无愧疚地做德妮丝·勒叙尔，是真的开心。往后经年，一直如此。我直奔自己的房间，脱掉套衫，坐在带镜子的衣柜前。我，这个身着粉红光亮的缎面胸衣，处在半明半暗中的灰影，和那个偷偷舔着棒棒糖，对着父母吐唾沫，善妒性淫的坏女孩已相去甚远。我褪下了胸衣的肩带，将马尾甩到了脑后。脸和手仿佛脱离了我的身体，焕然一新。其他部位仍在阴影中，这是个羞耻而孤独的夜晚。镜子里，唯有我的胸脯傲然挺立。我的身体渴望着他的吻往脖子以下探去。嘴唇四周仍在发烫，那个红发小伙仿佛仍黏在上面。为了保留所有的痕迹，我两天都没有洗脸。恩赐降临到了我的头上，连咖啡馆都成了温柔的背景。我不再匆匆忙忙地穿过咖啡馆，避开那些不再对我造成威胁的猥琐老头子，还会和客人打招呼。我父亲的工作服熨得很平整，收容院的那群老人懒洋洋地围坐在加了苹果烧酒的咖啡前。我用一种不真实的方式吃着牛排和番茄。哪怕我的父母是世上最穷最蠢的人，身上满是佐料、口水，皮肤粗糙松弛，我也不再恨他们。

我大概可以把这称为爱情。爱情和爱人，这都是德利、《知心》或别人刚借给我的《大莫纳》中的主题。课堂上的拉马丁、缪塞同样如是。情感分析，是我在写论文中最擅长的。爱他，他的花言巧语，对爵士乐和填字游戏的痴迷，他那尖锐内缩的牙齿。他就是随机从天上掉下来的，本可以是任何一个家教良好、穿着有袖上衣和拿着公文包的人。有时，坐在桌上时，我会自忖一次就够了。但我有预感我还会再次和这个红发小伙出门……妮妮丝，你抵抗不了的，他是他者的总和：规规矩矩、气喘吁吁、微不足道、汗流浃背，这是我最喜欢的，还很温暖，如同母亲放在炉灶烤箱门上烘烤的睡衣。每次从那缠人的家伙那离开的身体，摊开的手……一个十六岁男孩的身体和快感，没人记得，没人会说这是倒转的真实世界，是启示。女孩之间也不会谈论这个话题。我知道我那时是幸福的，我有一个好友，就是我的身体。世界又重新属于我了。父母要靠边站，学习也没了意义。

我们交往了五个月。见面的时间是每周六四点半或礼拜日我本应去参加弥撒的时间。这需要好好权衡，相比之下，弥撒散发出一种垂老之气，一股倒霉的哈喇味，豌豆烤肉之夜。总是在那个在建楼盘后的两块高地之间的那条路上。我们发现了一条小径。这个小傻瓜挺有天赋的，他的进攻无甚章法，幅度却总比我想象的要大。我的身体被他的手一寸一寸地开发。每次，他都会先故地重游一番再向前，然后点到即止。谈话、牵手、搂腰、热吻、让我发痒的脸颊、脱掉的眼镜、向背后拓展领地的手，摸索着那紧贴着肉的拉链，我必须屏住呼吸才能让探索顺利进行。他花了五个周六和两个周日才解开胸罩。深入、向下。总是从上到下。快感在他的指尖下渐渐消磨。一时窘迫。不过，我的胸到现在为止尚未发挥作用。突然有了一副多了一千个据点的身体，我知道他一时还开发不完。我等待着。日复一日，离开他让我越来越空虚。等着他准备新花样的那几天，有三个问题要解决，一篇论文、一堂地理课和一堂历史课。我们正在学"布拉格掷出窗外事件"。学习已不再是为了让自己能够达标的方式，仅仅只是为了填满两次幽静约会之间的空隙、一堆要写的纸、该记的笔记、需要回答的问题，答得好坏并不重要。每周我都会塞给奥黛特一堆描述详尽、让她傻笑不止的纸条。其他女生知道我有一个不错的对象，立志成为工程师，高考要考基础数学那个方向。男朋友是个绅士，非常好。但实际上，我对他的了解并不深入，我总是闭着眼。对我来说，他仅仅是那肌肤、呼吸、已然熟悉的轮廓，还有那让我欲拒还迎的抵抗。一整套动作的集合体。用来炫耀的绅士。那双伸进我百褶裙里的手四处游走着，拉拉链的时候，我就明白了，这次到此为止，他已经在我那似乎无尽的腹部上占领了十厘米，我不相信他还敢继续。手在肉体和不抽丝的织物之间无声的爬行阶段无疑是重大的时刻。他航行着,迷失其中……极致和潮红。我觉得自己焕然一新,略带倦意,洗去了我身上积累的罪孽。两个人,在小径,这事便并不肮脏。一个月以后,轮到我探索那个如同蘑菇一般伸展的神秘事物了,那东西像时而冒水、时而渗血的手指,怎么忍心看着我那蓬头红发小伙的脸上露出不幸小男孩的神情……是的,也许是出于依恋,我对我的同伙生出一丝柔情。迸发出一种全新的快感,并在我的裙子上留下几块冷却的污渍之后,一颗火热的头贴在我的脖子上。"我爱你。"

整整五个月都是同一套仪式:在圣米歇尔夜总会附近约会,为的是让那些女生都看到,然后去市中心转一圈,在中心酒吧的点歌机上点《只有你》[44] 或《洋葱》[45],之后便赴幽径之旅。我们做了很多,但是最重要的还没有做,至少,我是那么认为的。十七岁,总要留一个梨给饥渴的人,偶尔,德利或《妙龄女孩布丽吉特》也会翻上心间，要为真爱守贞……我也有点担心，其他和我一样的女孩，她们说自己也会在家庭舞会上调调情，但是会做到哪一步？奥黛特，她的约会对象是个电焊工，不能和她比。在下午的课上，我将脸放在手中，努力将自己裹在最近的肌肤之亲的记忆中，无处消解的欲望，压根无心于《拉加德和米沙尔》。文字都蒙上了水汽，沉重又黑暗，汩汩直响，半死不活的苍蝇。躁动和欲望让我心神不宁，根本无暇他顾。爱抚、唾液交融、头发、黏液、被我握住的神奇肌肤和形状……"焦耳定律！德妮丝·勒叙尔！"被这样一个完全不懂，恐怕做梦也想不到这无声的幸福的干瘪老教师吵醒了我的感官之梦。不仅毫不羞愧，反而对我的唇、我的臀，甚至我的快感都倍感骄傲。认识他人，他那内缩的牙齿，光滑的耳垂，那个像狗鼻子一样蜷缩、湿润和火热的东西……五个月内，世界还是照样在转，可我的生活已然成为了一场感官大梦，泛着酸气。春天来了。小径上被踩踏的草，没有日头却依旧被汽车尾气点燃的周六的尘土，我那残留着黏液腥臭的双手，闭着双眼的我一直以为那东西是红色的。那是一种开花梨树的气味或被漂白水擦洗过的方砖的味道。我闻着他的双手，一股湿热油腻之气，就像落水狗的皮毛。我又开始不安了，要是只有我，其他人都不这样呢……打折季的喇叭播着伊迪丝·琵雅芙和查尔·阿兹纳武尔[46]的歌，全世界都既耐心又欢欣，我也一样。男友出汗的双手握着我的双臂，腰间皱起的连体衣捂得我发热。待我们重回市中心，整座城市对我而言都显得那样不真实。到处都是广告，"达米家卖的可口咖啡"、"优雅的衣服"、"这事关……"，不用担心克罗帕尔街上那个卖的都是最廉价商品的勒叙尔咖啡食品杂货店会被提及……不过，我也不在意，那咖啡食品店在城市的尽头、世界的尽头，在我的对象，我的小白脸旁边的我已经不再是勒叙尔。他边走边用指甲去划那斑驳的墙壁，留下一道道沉闷的噪音。我不再有恨，也不再嫉妒，无比慵懒，掌心摊开。

我只想着自己，从脚趾到发梢都透着喜悦。我也曾时不时闪过害怕的念头，要是我的父母知道了，要是我沉迷于这些无法自拔，最可怕的是，要是我爱上了他。最后，我总算是看明白了点，这个红头发的家伙、他的填字游戏和鼹鼠一样的眼镜都让人烦透了。我不再那么傻，那些所谓家教良好的家伙也不过如此，有名无实；我开始觉得自己比他更优秀。后来，我们分手之后，当我知道他高中毕业会考失败两次，我不禁打了个哆嗦，我差点就被一个傻子给缠上了。这让我想起了母亲对客人说的话：那些荡妇，有了一次就有第二次，根本停不下来，弑父杀母也在所不惜……当然，这只是几个念头，我的幸福是那般纯粹和耀眼，与那些收容院的老家伙边咯咯笑边咬耳朵讲的那些傻话毫无共同点……惩罚那个时候就开始了，以为这是件好事，以为这种事不会发生在自己身上。

"你总觉得自己比别人强！"

　　二月的一个周六。铃声响起，已经五点半了，必须找个借口。店里没人，真倒霉，她定是在喝那杯甜得发腻的牛奶咖啡。"你怎么这个点才回来？"铃声响了，真是救星。她举起拳头："等一会儿！我们还有账要算！"我的父亲坐在那削土豆，他给我打了个预防针："大事不妙！"远远站在外面。她在食品杂货店里说话："还要点什么吗，女士？是的，橙子很甜！哦，对了，您应该还记得账上还有点要结吧？"到底是为了什么？我的成绩？可我的成绩依然很好，习惯使然……有人看到我了？是不是我那兴高采烈的幽径散步让我那位喝着凝结奶皮的牛奶咖啡、满口生意经的母亲知道了？我不会任人摆布，不会让我自己那解放、愉悦的身体，让我的红发同伙掺和进来。我要否认、隐藏……她回到厨房的时候面色阴沉、焦躁不安，钱包上还有一大块油渍。"贱货，你和个二流子去墓地的那条路上搞什么？快说！"我生硬地扯着谎，只会说没有，没有。瞬间，她怒目切齿，我父亲的头都低到了土豆堆里，她破口大骂："装得可真像个圣女！我们还以为她很听话，时时都在身边！循规蹈矩！我们为了她节衣缩食，这个贱货！她什么没有！"她咆哮着，恨不得要打我，但是福兰大爷来了，正把装满瓶瓶罐罐的袋子放在门槛上。"还不快去给人家开门，瞌睡虫！"我的父亲像老鼠一样落荒而逃。她围着我打转，步步紧逼："那个二流子是谁？"她占了上风，可以肆意奚落我，口气强硬："你真是疯了！这些男孩，他们只是把你当破鞋，玩玩就扔！"必须搞清楚一件事：我到底配不配得上这些男孩？她没有回答："先好好考试，这些事以后再去想！"她垂头丧气地低语着："怎么和街区那些女孩一样，才十五岁就开始约会！你上的可是教会学校啊！"她神色慌乱："那个讨厌的勒希安大娘，她看到你了，她怕是会一直嚼舌根！蠢货！自以为比任何人都优秀！"她站起身："像你这么大时，我可规矩得很！哪怕我只是个普通工人！"她不停地骂着，直到上气不接下气，声音都带了哭腔："为了你这头猪，我们真是劳心劳力！本来你十四岁就应该出去做事的！现在可好，你居然跑去和男生舌吻！"她骂了整整半个小时。我一直看着她，无言以对。她扯着自己的上衣，气得浑身乱颤。她其实并不是在和我，而是和一个她想象中的德妮丝在说话，那个作文总拿高分，已经拿到了中学第一阶段结业证书，就快要拿到高中毕业文凭的好学生德妮丝。她的话过了界，怨恨再次凝结，比以往都要猛烈。我气得直拍手，为的是其他那些过往原因，那些来自存在深处的原因。害怕，这是她唯一所感。害怕客人的流言蜚语，害怕我荒废学业。害怕把我送到教会学校让我学习就是一场空。一头不知餍足的怪物。她在店里听得入迷的那些蠢话，自然都要归咎于我。她竟然是因为我的失德而哭。我可从没觉得她有这么高的道德标准，比老师、神父和《茅屋夜话》还要糟，对她来说，道德就是循规蹈矩、作风正派，她不停地重复这些，可她的道德感就是害怕。突然，她收了声，她瞥见了我沾着小径上杂草和泥土的鞋。她的脸色煞白，活像要杀了我！"小树林！小树林！你竟然跑去了小树林！"她打了我，在我的背上狠狠地捶了两下。福兰老爹不停地从门帘往里面看。她边把我拖上楼梯边喊着："贱货、贱货！要是你遇上了那倒霉事，听清楚了，那倒霉事，你就别想再踏进这个家门！"她把我关了起来，像对待邻居家的疯狗一样。楼下，闲聊和欢呼回荡。我听见收银台的抽屉因为缺油而发出的嘎吱声。客人们在我房间的地板下如同鼠妇般爬行，将商品藏进他们那黑色的防水购物袋中，在瓶子的撞击声中，我的母亲不停地尖着嗓子说："再带一件这个，再带一件那个。"还有秤砣重新跌回秤上干脆的砰砰声。我就睡在放置糖、豌豆、饼干、食物、散装酒、廉价围裙和扫帚的那几个平方米之上。"再带一件这个，再带一件那个。"要把所有的东西都卖光，把钱包里的钱都给抢过来。我孤独难耐、怨恨难当。一个和街区的女孩们一样追着男人跑的贱货，她内心深处对那些女孩该是多么地鄙夷。我那被快感包裹的皮肤已然又丑又脏。唇齿之间的甜蜜、粉红的颈项、潮湿的双手，行为不端、下流无耻。手上和腿上沾满了鼻涕虫的口水。全身上下没有一处是干净的，没有一处是自由的，我被全身赤裸地拴在厨房里，任她以道德之名将我从上到下剐个遍。

那个下午，他们赢了。他们伺机对我进行了报复，将我重新锁进书本之中，不准离开。整整一晚，她都在疯狂地兜售商品，为了报复，为了忘记。要是可以，她肯定会像她说的那样撕烂我的胸脯和私处。他们也有怕的东西。他们的理想……德妮丝，听不到她的声音，她在学习，她一直学得很好，五岁就抱着本词典！这让他们很安心。可那个追着男孩跑，自由、幸福的德妮丝，他们便怒目相对，他们会将我重新抓回他们的食槽，折磨羞辱我，将我置身于他们的道德感之下，他们的恐惧感之中。非让我也感到害怕不可，否则我就会失败，我就会堕落……

我现在该做什么？书本，作业，有烤肉的周末，每年坐大巴车去利雪朝圣，看看大教堂和"小灌木"城堡，假期独自在院子里的木箱之间晒太阳美黑……其他的女孩继续跳舞，在中心酒吧喝酒，去海边度假。他们那天是真的拿捏我了。是的，我吓尿了，我怕得要死，我想起了第二年的高中会考，要是变成了个婊子，要是我因为快感而跑去倒追那些我本来很恶心的人……我再一次变得肮脏、不洁。

他们难不成认为我会听他们的那些废话，将自己关在屋子里诵念阿门吗？他们想象着："德妮丝没来，她去了那家她在信中提到的剧院"，他们对此深信不疑。非常乖，听话，第一学期就通过了高中毕业会考，第二学期也过了，接下来的六月又拿下了预科。"她以后想做什么？她还不知道呢，也许当个老师吧。反正，读得越高越好！"我的母亲会不断重复那些一手插在裤兜，一边歪着头听人讲话的小学到高中老师对她说的那些客套话。"您会成为一个了不起的人！"

她听得心花怒放，信以为真。她仿佛已经看到我在剧院工作，心满意足地说着"带上这个"。她躲过一劫，三年前，她的女儿差点走上歧途。当时闹得挺大，现在一切都回到了正轨。像她说的，我们要防患于未然。要是我想，我会给您带一份小礼物，一份迟到的母亲节惊喜。紫红色的，尚未完成。我愁肠百结，肚子里有一根不停延伸的绳子。在绳子的末端，便是那个惊喜，仍紧紧缠在上面，就像她周日会拿回来的草莓饼干，用白盒子装着，上面系着一根绳子。回到正轨，要是我的家是一个好客、干净的地方，要是我在他们的家和他们相处愉快，那确实有可能回到正轨。

自责不过三月。到了五月，我又能嗅到院子里野生萝卜和小便池里劣酒的味道。站在满是锈渍的"执照牌"下，看着咖啡馆窗户里的自己，善变多情。傻瓜们。他们怎么可能理解我的感情、我的感受，他们只知道算账，既不懂数学，也不通文学。像牛一样叫唤的老傻瓜们。他们都说，有大事将要发生，这

一次，那些庸人、懒人和早该被扔进茅坑的渣滓们都
要完蛋了。没什么好挣扎的，我们这些工人永远最倒
霉。动员和掣肘，等着瞧，等着瞧。给我们倒最后一
杯吧，勒叙尔老爹，搞不好真的就是最后一杯了。白
云丝丝缕缕飘在天空，一朵橘黄色的金盏花落在指
尖，我会有另一个男朋友，我不会，会，不会，会!
那小小的花瓣也在数着数，被扯烂的花心发出微酸之
气……要是他们说的是真的，那真是大事不妙，那些
将领们在阿尔及利亚掌了权。革命……人们互相厮
杀、四处躲藏，我倒是能从家里、阁楼和男孩们中解
脱出来。就像以前的游击队员。要是世界或者法国真
发生了什么，我就解放了……我们会在晚餐的时候听
新闻。"我们该怎么办，我们该怎么办，他们只会说
这些，见鬼，这可不妙。你看吧，他们肯定会去科
龙贝 [47] 找他，你还想怎样，没有其他的办法了……"
不，我不想他上台，那个人，我虽对他毫无印象，但
他定能扭转乾坤，可我并不想一切恢复平静。要是时

局动荡，地动山摇，那么勒叙尔杂货店也会跟着摇晃，被铲平、被摧毁，那我们就能离开这了。我也不再有恨，希望如此。成吨的糖、油、咖啡、罐头被卖了出去，住在别墅区的那些体面的女人也来了，一口气买了十公斤的方糖，虽然嘴唇紧闭，但她们其实怕得要死。我们的常客也一样："给我留两升油，月底付账。"抢购食物，就是一个征兆。又来了，学校要停课了，大的变革，但是我却欢欣雀跃。我时刻关注着这些征兆，酒鬼们的对话，被一抢而空的沙丁鱼罐头。打折季的筹备委员会暂停了所有的娱乐活动，寻宝没了，选拔赛也没了。克罗帕尔街越来越灰暗和萧条，四处弥漫着下水道的气味。所有人，惊慌失措的老师们、女生们、我的父母，都在说，要变天了。必须要拯救法属阿尔及利亚，它是属于我们的。就像街区那些头脑发热、再次被征召入伍的大兵唱的那样：我们是从远方回归的非洲人。"大事不妙，我已经等得不耐烦了……"只要这老家伙不迅速救法国于水火就行。至少让我有时间看清楚一些事情，再找个人和我去小径幽会，再次感受某个男孩像黑加仑叶子的背面一般毛茸茸的皮肤……消息都不确切，他到底会不会上台……他上台了！他会拯救法国和所有的一切……周日的烦恼、我的父母还有愤恨，又要开始了……客人们不再抢糖，恐慌期已过，游乐会要开始了，事件已经结束。同样完结的还有我那愚蠢的想象，以为一切都会由外及内发生改变。战争已经成为过去，革命更是明日黄花。五月停滞了，咖啡馆又开始充斥着温酒和煮开的咖啡的味道。我被骗了。必须重新策马扬鞭，真希望前几个月的庆典能够重来，让明年的高中会考见鬼去吧……

他们不可能总是跟着我，尤其在周日有游乐会时，总会有一些从乡下来的小伙子把自行车停在我们家的院子里，然后喝上一杯，收容院的那些老家伙也会出去闲逛。我和奥黛特一起出了门。天气炎热，人们在人行道边竖起了一道蓝色的人墙，小学生们正列队出行，傻瓜一般。我穿了一条超短裙，在腿上涂满了菊苣煎剂，假装美黑。他一头褐发，戴着条项链，穿着蓝色牛仔裤，有点艺术家的感觉。没那个红发的那么烦。喜欢书、电影、诗歌，关于波德莱尔和魏尔伦张口就来。政治更是心头好。善解人意的奥黛特已悄然离开。嘴里全是我在电台里听到的名字：苏斯戴尔、盖拉德、孟戴斯·弗朗斯。"让我们和群众打成一片？"他说道。现在，我也成了同志，他牵着我的手，将我和那群拉着纸做的惊喜奶牛的奶头，等着彩票开奖的傻帽们分了开来。一群个子高挑、身材纤细的姑娘们挤在一起，后面跟着一堆穿着周日正装的男孩们。他说："看来咱们俩可以好好乐一乐。"就当我们是为了游乐会而来，假装我们喜欢吃那些已经变软的蛋糕，赢一些破破烂烂、不值钱的小玩意。和无产阶级一样，学着那些胖大婶的模样，穿着垫肩从肩膀滑落的连体衣。我，德妮丝·勒叙尔，去年和前年都曾和父母来过这儿。他们不是在摊位前玩九柱戏，

就是一边看着他们的彩票，一边大喊着："离射击远
点！"他们还会站在吧台前，比较那里卖的啤酒牌子
和他们卖的有什么区别。我们逛着。人群、穿着戏服
的女孩们或某个人。他们意满而归。我也曾和奥黛特
一起前来，如出一辙。我们会花好几个小时跟踪一些
好小伙，或者说没那么蠢的家伙们，很少见，大多名
草有主。是的，我，在一群乡巴佬、纺织工，以及将
一周的所得都花在一些不值一提的小玩意上面的高挑
女孩们所在的庆典上。但是，我并不是真的在那，我
们比他们可高了不知几个等级。真令人陶醉。我们喝
着过热的百事可乐，"真恶心"，他说道。他是个美术
生。一只胡蜂在一点儿亮晶晶的廉价果酱上扑腾着，
彩票店的高音喇叭震入我的五脏六腑，汗水也找到了
通向菊苣那热烈色彩的道路。我悄悄地用指尖抹了
抹。听他讲话。"戴高乐将军无疑是最合适的。一个
强硬的政府。"我们会哈哈大笑，看着一个唱歌有点
像达莉达[48]的村姑。他用手牵着我，抱着我，将我

慢慢拉到蓝色粗糙的牛仔布料边。我浑身一僵，由外及内。比第一个有天赋得多，只用了一个小时就牵了我的手、肩膀、由远及近。我们还看到一些女孩模仿伊迪丝·琵雅芙、格洛丽亚·拉索和小丑。最后，在卖诺曼底特产的小摊前，我们终于接了吻，我都等麻木了。一个新的保留节目，更为大胆："蹭一蹭，会很爽！"新的快感，当它喷薄而出时，肌肤立马能感受那润滑。这种对他人的不屑一顾，让我摆脱了自己的圈子，与他站在了同一边。在父母家，我们从不开玩笑，他们严肃认真地对待一切，不许说蠢话逗乐，他们也不懂讽刺为何物，母亲更是会勃然大怒。他们只喜欢那些无脑的笑话，什么"没有证件的让·瓦希尔会见鬼"[49]之类无聊到死的笑话，或者《威尔莫年历》上的每日一笑。美术生，我是这么叫他的，他满足了我对这个词的所有幻想。他像个小孩，会把樱桃核吐向空中，将所有人都视为平庸之辈。他让我神魂颠倒，他让我和他一起站在栅栏边。我不再孤单，他比我更瞧不起其他人。和他在一起的时候，我变得聪明、自由、远离咖啡馆，甚至可以嘲讽地看待昨天那个愚蠢粗鄙的我。

假期来临。那是一个美好的夏天。革命是不可能发生了，可那又有什么关系。我依旧在茅厕和鸡棚旁美黑。一些去撒尿路过的客人会停下脚步，含糊地问："这样能行？"抱怨一声就能将他们打发，让他们不再企图和我套近乎。我的父母也不知道这些。偶尔，我学烦了，和这些酒鬼聊聊倒也不失为一种消遣，我会再次变得和他们一样。我才十七岁，而他们或多或少都有点色心。在店里做事，那是不可能的。离开，也不可能。"去英国野营？你没疯吧？天知道会发生什么！"永远都在害怕。让我永远埋头苦读，将我放在他们眼皮子底下，这就是他们的愿望！虽然艰难，但是他们还是尽到了自己的责任，没人能指责他们，就像老师悄悄对校长说的那样："在他们那个阶级，他们简直是模范父母。"

　　这个夏天，我无所事事，只能潜心书本，读到擦着防晒乳的脖子抽筋。或是跑步。我发现了"真正"的文学，那是老师们的文学，最有教养的学生才会读的文学，美术生带我看的文学。萨冈、加缪、马尔罗、萨特……全是让我热血沸腾的观点和句子。抬着头，有些飘，我真是理解能力超群、聪明绝顶。这里，我父母的家只是旅馆。形单影只，整个克罗帕尔街只有我喜欢这些书。生活是如此甜蜜、轻盈却忧伤，和他们说的一样。明天，美术生会等我，我只喜欢完美的瞬间，就像《恶心》中的安妮说的那样。一切都弄混了，我是一棵被无声之鸟占领的树。当我再次起身时，小酒馆的黑色墙壁上红纹斑驳，我遇到了几个穿着背心和蓝色工装的呆瓜，满嘴酒气，浑身汗渍。他者。无限优越。这些书便是无可辩驳的标记。萨特、卡夫卡、米歇尔·德·圣皮埃尔、西蒙娜·德·波伏瓦，和我，德妮丝·勒叙尔，我和他们在一边，他们的思想都集聚我身，如此丰富，让我目不暇接。我将一些片段摘抄到一个专门的本子上。发现我竟和这些大文豪的思想如此接近，与他们同知同感，这让我愈发觉得自己父母的话纯粹是小商人之语，全是一些干巴巴的陈词滥调。

现在看来，什么文学、那些需要死记硬背的关于贝玑的空泛研究、对人民的爱，也一样都是干巴巴的……但是，高二升高三的那个暑假与其他那些恶心的暑假不同。我本可以和别的女生一样，去海边、去赌场、去跳舞，偶尔我也想，但是阅读所带来的自由之感和愉悦之情实在过于强烈：在离鸡屎和那些对戴高乐将军的身高评头论足的老酒鬼咫尺之处阅读加缪真是振聋发聩，让我发觉身边的人只是命运随机的安排，与真实毫无关系，我只是无辜受累。所以，无论他们是乡巴佬，还是大嗓门，我都不再在意。真实，白纸黑字地写在书中，触手可及。我俯视着身边的一切，对那些一行都看不懂的可怜虫心生怜悯。除了沉迷于此，我还能怎么样呢？在我母亲用来垫咖啡的

《晚安》杂志和卡夫卡的《城堡》之间，我发现了另一个世界的存在。与自己的圈子愈加渐行渐远……货架上中等大小的豌豆罐头，太阳轻抚着冒尖的豆荚，我的母亲用一块抹布擦拭着椅子，老马丁的手抖得连装保乐[50]的杯子都握不住。他们，永远不变。另一个世界。那几年的假期，我找到了窍门，一种逃离现实最隐蔽的方式：知人所不知，埋头苦读，读文学，尤其是文学，这样就能凌驾于众人之上，俯视众生。真正的优越感。同时，阅读也是为了快乐。我每周会见美术生两次，地点随意，脑子里都是书，两条腿被太阳晒得发红。为了不让母亲起疑，我总拿奥黛特或弥撒做借口。每次最多一小时，四分之三的时间都在闲聊，不过他能让我笑，世界上的人都又蠢又笨，除了我和他。口中引的都是加缪和波伏瓦的名言金句，我对此深信不疑。他在绘画方面很有本事，父亲是一名牙医，在离这里二十公里的地方工作。为了能和他并驾齐驱，我用《局外人》《墙》和《安提戈涅》来装门面，打动他。我成功了，他对我说："你的父母一定会觉得鸡窝里孵出了个金凤凰。"可这也让他有些犹豫，一个杂货商的女儿有如此见地，这有点不同寻常。我为此很恼火。下流胚，我为什么不能如此？不过，我依然很幸福。当他的手逐渐向下，抚摸，解开纽扣……时，我身上被太阳晒伤的地方又像被火烧一样地疼了起来，脑子却像哲学家一样思索着快乐的意义。

期盼良久，属于我的光荣年代终于来了。咖啡食品杂货店摇摇欲坠，这个在克罗帕尔街尽头的老东西最多还能让我住两年。他们将咖啡馆漆成了绿色和橙色，又用红色的福米卡重装修了柜台。真让我哭笑不得。他们在变老，醉鬼的数量也在减少，都死了。"您好，谢谢，再见！"我不再纠结，对他们不再有爱恨，最多偶尔会产生点怜悯之情。就让他们以为拿捏了我，那么听话、和善，不是很善谈，也不是很搞笑，哪怕内心深处，我根本瞧不上他们……我离他们很远，我是自由的。在那装着穿衣镜的衣柜前，我是那么"自在""休闲"，正是我梦想中的样子，丝滑的马尾、鼓鼓的衬裙、轻盈的平底鞋。无处不彰显我的成功。完全摆脱了以前那个只会羡慕他人的村姑模样。现在的我，说话不再畏畏缩缩，嘴里再也不会说出家里才用的句子，也不会带有"你错没错？"这种腔调，更不会用我父母说的那些让班上同学在背后乐不可支的乡下土话，只有保姆才这么说话，什么"鹌鹑"袜、"疲了"的面包。更妙的是，我还学会了中学里的俚语，这群即将成为大学生的高中生的交际密码。现在，我感觉自己已无法回头，只能前进，念着文学、英语和拉丁语，而他们却依旧围着小店打转，相当自得，没有遗憾，毕竟已经为我付出所有。他们甚至不知文化为何物。高中会考的题目：《当人们忘记一切时仍留存之物》，他们连听都没听过……我越走越远，写着关于浪漫主义、百科全书派、灵魂不死的论文，他则翻开报纸的犯罪专栏，或是事故的相关报道，而她最喜欢微小说。即将拿高中文凭，顺利拿到，考第二个文凭，马上读预科……他们被搞得晕头转向，恐怕还以为是我自己发明的这个词，完全不明所以，怎么发音都不会。她给了我一小片从账本上撕下的纸，让我把它写下来。直到她对别人，不是那些常客，对着他们，她说的是"fac"，带着奇怪的"couac"尾音，只有对着医生、公证人、散步的市长助理或是给将死之人"行圣事"的神父说过这个词后，她才会真正记住。他们打量着我，向我道贺，而他们则喜不自胜。怎么，我能考上很奇怪吗？他们和我说话的方式和与我母亲说话时完全不同，用拉辛的话跟我玩文字游戏："美人的胴体……"或是拉丁语："过来，维纳斯……"，还有比这夸张十倍不止的。我的母亲高兴得容光焕发，她觉得人们都很把我当回事。我和那些公证人、医生一个级别，学的东西都一样。我胜利了。他们大可继续不让我去参加家庭舞会，任凭他们声音再大，也容易对付得很，不过就是狂犬吠日，没什么威胁性，我已决定好好利用一下我的地位……不过，我的担心完全是多余的，当他们看到大家对我表现出浓厚的兴趣时，便准备给我所有。"需要钱吗？想不想要一张新的唱片？"真是可悲……我本不配得到这一切，可突然，一个穿西装戴袖扣的家伙跑来了，在他们面前炫了几句拉辛，用了几个虚拟式，就变成了这样……

高中毕业会考之后，他们的态度彻底变软，终于松了口气，我走上歧途的可能性越来越低。他们以前盯得很紧，这之后："她想学什么都行，德妮丝嘛，什么都能学得进，她的脑子活！"愚蠢至极。放榜的那天晚上，我在房间里听着莫扎特的小夜曲，我知道楼下的某个母亲正抬着头，脸色半阴半晴，开始不满。房间里，一个美好的未来正在钩织，律师、教师，随便什么，我都不在乎，只要能成为个人物，越爬越高……音乐唱片的圆盘，无止境的逃离，逐渐展开的未来，我欣喜若狂，要是一切突然停止，若是卖了那么多包面条，我依然身陷贫困……若是我之后考砸了……毕竟他们在下面，那两个指望着几个空瓶、几个小钱、几张被淘气鬼用紫色墨水乱涂乱画得脏兮兮的钞票的不祥人。克罗帕尔街区有一个和我年纪相仿的姑娘，与我同姓，这个勒叙尔不仅喝酒，还大字不识一个，现在她和她的父母一样，成天泡在酒里，要是我有一天也变得和她一样……同名。明天、后天，将是我拿到高中文凭后的第一天和第二天，可哪怕拿了一个月，有一天也可能就像我什么都没有拿过一样。一切都要重来。拿再多的文凭也无法掩盖我的出身，我的家庭，酒鬼的嬉笑，曾经那个愚蠢、言谈粗俗、举止粗鲁的我。我永远无法将考试和文化踩在脚下，五年前的勒叙尔，六个月前的勒叙尔，我永远都会唾弃我自己！客观地说，在内心深处我对老师和母亲的话非常认同。还需要继续拉开差距，彻底甩掉咖啡杂货店、土里土气的童年和烫着卷发的伙伴……上大学，成为大学生，变成那些周六才坐火车回家的冷傲忙碌的女性，她们或从事医学，或从事法律，或是诉讼代理，或在艺术公司上班……唱片停了下来，他们在楼下等着我吃晚餐，很快，我就会离开他们。

无论如何，高中毕业会考前的那几年，都是美好的。成功、庆典、流连花丛间……阵热、三角区的探索、唾液和皮肤，男孩的身体便是我的庆典。当然不是谁都行，只有高三或哲学方向的男生才入得了我的法眼，达不到这个标准，那就是自降身份。不过，有时我也会失手，交往对象里也会混进几个销售代表、里昂信贷银行的员工和一心奔着结婚去的类型。和夜总会女郎一样，我把这种交往都称为调情。两年内换了十几个。美术生连那个暑假都没撑过，"为什么你不愿上床？那样更健康！"我依旧不知道人们可以做到哪一步，要是其他的女孩愿意呢？……不过，他总共也就知道那么几首魏尔伦和兰波的诗。其他人也不长久。舞会之夜，高中毕业会考之后，母亲就允许我参加舞会了，农业舞会、商业舞会都行。在中心酒吧的约会，一周的散步，或两个月，在冬天，脱掉套头毛衣需要更长的时间。哎……在父母家住的时候，我从未想过一直待下去。我会在本子上记下他们的年龄、住址、父母的职业和我们做过的事，用英语，为了躲过我母亲那无尽的好奇心，毕竟，她连夜壶都会翻。我的恐惧只剩一样，父母口中淫娃荡妇的故事，《郊区的燕子》一类现实主义歌曲中所唱或《知心》杂志刊登的那些故事。想象我会在克罗帕尔街做爱，在地窖里，在黏黏糊糊的食品柜和十几年不用的木桶旁，简直就是噩梦。远离他们，在海边、水中、沙滩上……多米尼克、让-保罗或那个大家都说长得像詹姆士·迪恩的棕发小生，偶尔连名字都不记得，也不奇怪，毕竟我会根据他们的幽默感和俏皮话来判断他们是不是伪装的乡巴佬。只会"莓你不行""象腻了""见鸡行事"这类令人作呕的烂梗的就算了。我需要同盟："你是文科生，马上要念预科？"这个看来不错，可以松开缰绳，让庆典自行准备，胜利的嘴唇和胸脯，伸长的性器，随着《小花》的节奏摇摆。"骚货！"现在，这些三年前还与我毫无交集的人在我的裙上蜷着身子，欲火难耐。我的复仇。快感与贞洁交织，我不属于任何人。不过，我会从他们那里学习言行举止、爱好品位。从多米尼克那里知道了瑜伽和艾灵顿公爵，从让-保罗那里知道了动画；有时什么也没有学到，因为没有时间。从红发小伙到倒数第二个，我都相当享受，在喘息间偷走他人的学识和家庭。可在这方面，我始终找不到足够多的男孩让我完全摆脱自儿时就身负的那项重罪。嘴唇、手指和下体都在发颤，穿着羊皮鞋衬的老家伙们、穿着蓝色工装的男孩们和双手脏兮兮的画家们："妮妮丝，靠近点看。"快感，完全是我的战利品，与我的父母无关。十八岁，正是青春洋溢、精力旺盛的年纪，是高中毕业会考和调情的年纪。我成功了。这一路，学校里大把的蠢丫头们被我甩在了身后，要么高中毕业会考失利，要么留级，就连克里斯蒂亚娜也放弃了学业。不仅如此，我还和我一直羡慕的那个世界的男孩们约会跳舞……

都是些坐在我身边听老师讲康德和黑格尔的，和我一起去圣米歇尔夜总会的，那些医生、工程师的女儿们无法理解的事情。我本不用在那，与她们近在咫尺，一个潦草的念头闪过："大可以去当只金丝雀！"学习，再见！我是一个幸存者，但是，请注意，我本就和她们不是一个种。与此同时，他们正在收银台忙前忙后，大喊大叫，这些事情，你们永远不会知道。我在任何方面都更加优越，哪怕高潮都不会让我害怕，只要我仍是完璧……我慷慨陈词，在哲学课上一枝独秀……那陈年积怨已逐渐消散，最多一个月会来一个小时，当我的父亲唉声叹气地说他受不了了，越来越多的人跑去市中心采购，他们看起来已经精疲力竭。我恨的其实是自己。我超越了他们，他们依然围着柜台打转，我却看不起他们……这都有什么用，我既没有朋友，也不亲近任何人……苍蝇围着那个老旧的压花干酪罩子打转，已经用了十年。也许是因为我，他们才没法买下一个更好的杂货店。臭气熏天的克罗帕尔街。我什么忙也帮不上，也不是，我马上要进入文学院，他们会开心的。

一切都显得那样不真实。一个懒洋洋的十月，太阳在墙上撒下些许金黄。我蹚着商家倒在人行道边的肥皂水。学校的操场密密麻麻地站满了高智商的男孩和女孩们。所有的黏腻和肮脏感都消失了，唯有独自一人在那的幸福感，和一点点对课程难度的担忧，不值一提。女大学生。我砍断了桥梁，他们却一无所知，我拿到了奖学金和大学城的房间，以后会每个月回去看他们。只需要一点点从那个钱柜里拿出的用来买书和衣服的零花钱，其余都不再需要了，再就是顺点饼干和咖啡。一些男孩身穿秋天色彩的外套，另一些则身着连帽滑雪衫，不是童子军就是书呆子，不过我倒也不在乎，这都是被筛选过的精英，和我一样，选谁都不会错……以前我只在电影院见过的阶梯教室，我坐在中间或者边上，看着老师的侧影，一排排的发髻和男孩们的脖子，直的、凹的、歪的，选哪一个暗送秋波直到他回头呢？……巨大的窗户对着灰色的墙开着，几乎看不到天空。那个从小学时就许下的旧愿，终于实现了：封闭的校园，生活里只有学校，不用再在父母家吃饭睡觉。食堂、大学城和近在一尺之外急色黏人的男孩们。总能俘获一个。我终于成功地让自己成了个文化人，进到了这梦想中的大教室，远离了那街角的小酒馆和肮脏。我不会再回去了，"德妮丝·勒叙尔，酸酸果儿"，这个标签已自动脱落，这里，没有人知道我是谁，没有人会把我拉回父母身边。德妮丝·勒叙尔，女大学生。这个身份让我如此惬意，真希望永远如是。"你学的什么？"基础数学、预科、牙科。那么多一看就是大学生的面庞在我的圈子里出现，阶梯教室、食堂、快餐厅。在圈子的内部，还有一个内圈，封闭、安静，那便是图书馆，书的圣殿，我的幸福之源。不准吸烟，古老庄重

的气味，除了注册者严禁入内。那些乡巴佬、蠢材、
疯子都被挡在门外。除了周日，从早开到晚。我踏上
石阶，踩在褪色的地毯上，这里是睡美人的城堡，台
灯下人影朦胧，都像在睡觉。只需往前走，一双双眼
睛便会逐一抬起，里面的人和玩具商店里的赛璐珞娃
娃一般，只有眼睛会动。待到坐下，我看着人们顶着
太阳，匆匆忙忙地从那条杂乱无章的街上跑向一排排
书、台灯和桌子之间的阴暗笔直的座位。个个沉思、
专注、认真。我竟生出一些荒诞的念头，一个街角的
流浪汉拿着酒瓶在正中间的通道上踉跄，我的父母四
处寻我："你跑去哪了，小坏蛋……"偶尔也会有一
些上了年纪的人来，不过都是一些斯文讲究的文化
人，头发干干净净，戴着眼镜，拿着个小包，看起来
摇摇欲坠，悬于一线，令人心生敬意。再来，就是一
些衣冠楚楚的男孩，坐在他们的作业和课本前……每
翻三四页就会瞟来几眼。读到 38 页的时候，我会回
应的。拿几本关于伏尔泰、拉马丁，或随便什么人的

笔记当幌子。纸在沙沙作响，椅子摩擦着地板，一盏台灯灭了，强烈拥吻的欲望有时也会消解成抑制不住的声音。最美妙的莫过于，对着这些埋首于他们的书本、高傲的、书生气的法学院或哲学院男生，脑子里涌现的都是名言金句：《存在与虚无》或克尔凯郭尔，而身体里翻腾的则是羞耻的欲望……

只有在图书馆才会有这般体验。

在食堂，身处盘子的撞击声、舀菜勺中溢出的蔬菜、和我父亲的咖啡馆的桌子一样油腻的餐盘之中，男生们都显得又笨又贪吃。人太多了，要是我在那里发情，迷失在那些无聊的招呼和荤段子中的话，那我成什么人了。咖啡厅也好不到哪里去，那里有很多黑人，也许我会喜欢，但是如何接受自己如此与众不同、特立独行……另外一个我学会的事情，就是区分学文科和学理科的男生。化学系的书呆子们，都不会打扮，也不善言谈，简直可以称得上土气。也许我和他们很像？在图书馆里，学文科和法律的学生们常坐在一起。在那里，我有时间打量他们，看他们摊开书本，走来走去寻找一本达洛兹出版社[51]的书，以为他们对我有些想法，坐在我对面绝不是出于偶然。大多都以失败告终，其中两三个还会换座位，完全是我自作多情。这一个，肯定是个自大狂，一个身形单薄的金发男孩，我从头到脚，甚至是两腿之间都异常笃定。那凸出的下唇显示了他的不屑和优越感。一个潮人，全身名牌的矮个瘦子。我本以为他一眼就看穿了我，一个冒牌的女大学生，坐在他身边，自大的"天魔星"。《宪法》。双眼盯着那黄色的书，眼皮都没抬一下。他完全瞧不上我。那样修长的手指……在我看来，他的衣品实在太好，非常小资。我听着他和身边的人交谈，语带讥诮，侃侃而谈。可是说的话……和到我父母店里喝酒的穷鬼别无二致，就像个面色红润却浑身木屑，罹患肺痨晚期的木匠。为什么，明明有如此头脑，言行举止却如此这般……某个周六，他那头细碎的鬈发和骄傲的嘴唇出现在我的面前，图书馆的办事员搞错了，把我要的《阿兰语录》拿给他了。或者，是我故意给了他的座位号。他不得不把书递给我，"阿兰，唯一一个还不错的哲学家!"这批判和断然的语气，仿佛他认识所有哲学家，对哲学了如指掌一样……从这句甚至都不好笑的话开始，到最后，到那根导管，究竟是为什么? 低人一等，也许就是因为自认为低人一等吧。证据就是，我是那么渴望和他去车站咖啡馆喝一杯，去一间小巧讨喜的夜总会跳个舞。浑身名牌的家伙、黑雨伞、皮包和织锦领带。还有花言巧语，花言巧语是我永远的死穴。不愧是法律系三年级的学生。"法律无往不利，能让人以一种现实的眼光看待这个世界。其余的，都是狗屎。"总是他在说，而我，我的观点太过平庸。他才华横溢、条理分明，对金钱法律都有一套自己的见解，对政治也非常熟悉，相当机敏。我呢，我既不聪明，还是个刚入大雅之堂的汲汲营营之辈，只知道文学。"你就是在逃避现实!"我就是个想逃离自己出身的咖啡馆老板之女，满脑子笔记、考试、分数之类的蠢事。双腿伸在对面的椅子上，他将我分析个彻底。我有些惊讶，刚才我说得太多了，他让我神魂颠倒。又一个重大发现，世界上也许有很多人和他一样，毫无畏惧、悠闲自得、无拘无束。他想干什么都可以，去美国，上国立行政学校，鱼游浅底。而我，我只是一个寒酸自卑的女孩，一心想往上爬，全是浪费精力。"你看不到真正的问题"，他说。满脑子束缚。我的身份，他，我永远都没法逃离。就是因为这个，这次桌边分析，让我对他死心塌地。我自愿上钩。他的父母苦于智商太高，不得不尽力与一般人一样……"我的母亲是个古怪的音乐家"之类。我能说什么呢？我的故事连自己都觉得恶心，他恐怕都无法想象还有那样一种生活方式，含糊地说一句："我出生于一个平民家庭"就够了。他有很多爱好，古典乐、动画电影、帆船、现代戏剧。能学的可真不少……我，我也许喜欢文学吧，可就连这点爱好，在我身上恐怕也有点可疑，我真正喜欢的恐怕是男生。一直以来，我都以仇恨为食，反抗一切，那点文化素养不过就是充充面子。只需要闻闻我那单调无聊如同狗屎一般的人生就能知道。就连文学，也无非是贫穷的表象，一种常规的逃离模式。从头到脚都披着画皮，我的本性去哪儿了？他谈的一直是我，虽然说得很笼统，但是我却觉得自己被扒光了，一无是处。学了三年的法律，一个光鲜的家庭，只有有钱有教养的家庭才能与众不同。哪怕他的父亲破产了，也仍旧不错，比起那些永远不会有机会破产的人来说依旧潇洒。言语剖析最为可怕，整整两个小时，中间还夹着几次严厉的申斥，到了最后，我已经昏昏沉沉、手足无措，在他面前低如尘埃。他叫马克。我欣赏他的一切，连脏话也爱。他之所以喜欢说脏话，是因为他平日里没听过自己的父母这么说，和我一样。毫无骨气，一个幸福的卑微傻子。我已然沉醉其中，知道自己在劫难逃。他那么优秀，我肯定无法拒绝。仿佛他已经深入其中，肆意横行。这次非得一往无前了。我有些害怕，会流血，一个小小的血桶，蓝色的酒渣，和我父亲刷完木桶后，长毛刷头从桶底带出来的大块柔软的薄膜一般。就让我上上下下都被擦洗个遍，褪去一切阻止我前进的束缚，终于被扒个干净。结果仍是失望，他是谁，他是谁……绵软无力，从头到尾都是那么绵软光滑。没有血，只有一点点灼烧感，那圆环、孩童的铁圈、快感之圆，颤动着前进，全根没入……第一次被贯穿，卡在汽车的座位中间。脑子转得飞快，变大，紧绷，太干。总算是湿了点，愉快地呻吟，慢慢进入，裂开，血和水。

都一样，我很难不将这两次搞混。可能是在雪铁龙2CV里，也很可能是在大学城这里。那个老妇问过我在破处时是否流了很多血。也是张着腿。总结起来，无非都是黏液。八个月的鬼混，那些唾液和汗渍，从上面和下面，全都吐了出来。我再也不想和他做爱，已经够了。那长着金色毛发的阴户已满，滴滴答答，被精液灌得彻底倒了胃口。八个月。

　　整整一周，我都欲壑难填，要是他能一直留在里面多好。不仅是为了快感。我在大都会咖啡厅门口拿着冰淇淋等他。自觉像弗朗索瓦·萨冈笔下的女主人公：一个女大学生，有个学法律的情人。背景就像居伊·贝亚尔在一首歌中唱的："就在昨天，那个早上。"椅子，咖啡厅的服务生，放着马天尼、苏士酒和各种开胃酒的三排酒架，毫无意义的装饰，栽满树木的广场，橱窗，行人。这不再会让我想起自己家的小饭馆，我也不再感到羞耻。大片的灰色墙壁、巨大的玻璃窗、色彩宁静的窗帘、备受赞赏的中产别墅，都让我无动于衷。相反，自由，自在飞翔，不再囿于世人的眼光，不再羡慕……我想和他一样，他身上有一切我所缺乏的，怡然自得，伶牙俐齿，生命中全被大事占满：唱片、帆船、戴高乐将军的会议、父母的性格。我永远不会有足够的时间去消化这么多东西，别忘了，十五天前我还不知盖尔德罗德（Ghelderode）

的戏剧和古典音乐为何物，也不知道波尔多和勃艮第的葡萄酒有何差别。"听听这个，这是最好的版本！你那个破收音机太糟糕了，连调频都没有！"我接受了他的指手画脚，并没有觉得他的批评是对我的羞辱。闭上嘴好好享受，把送到嘴边的都囫囵吞下，他的品位和思想。马克，也许是爱，让我深陷其中，心甘情愿地被一个小资碾压。"在我的房间会更好，大学城的房间和廉租房差不多！"说得对。当然，连装饰和创意也是他的强项：墙上画满了数学公式、海报、森林里捡的木柴，一些我以前在克罗帕尔街的地窖和阁楼里见过的东西，那些老旧的破玩意现在在我眼里也变得相当顺眼。在半明半暗中，我们一起听着海因里希·许茨的无伴奏合唱，旁边的驯鹿皮上放着威士忌，那皮子是他的母亲参加冬季运动时带回来的。马克，也许是快感。"你真是个小骚货！"你那傲气的唇，是吞下紫红糖果的号角，你那塑料娃娃一般的玫瑰色肌肤，仿佛被小淫娃喂饱了水，纤尘不沾……他就是我的庆典。燕好时播放的唱片、大都会咖啡厅和朋友一起的约会，还有桥牌会、政治讨论。与他诗友的聚会，大家一起围着圈坐在地上。我也会带几首诗，大家一起虔诚地诵读，一起喝酒，一群无政府主义者。多么自由，我有点冒失还有点想笑，德妮丝·勒叙尔在此……文艺社团，那些创造和写作的人，相当自负，最糟的是，我会匍匐于他们脚下。"农妇"，他最常用的字眼。无话可驳，他说的是实情，可我毫不在意，我们家那些什么都没能教会我的真农民，早就被我抛在了身后。他对我家人的情况了如指掌，这是我的弱点，我们从来不谈他们，他不可能对这些感兴趣。他倒是很热情地和我讲他的家人，好像我是他们的家人一般。在他身边的八个月，美好的肉体，也不太傻。睡在那张驯鹿皮上听着《约翰受难曲》时，我一刻也没有感到害怕。我的父母是怎么都想不到还有这种装饰品的。在这种情况下，我甚至可以毫不羞愧地展示我的阴部。我终于找到了我的归属、我的位置，甚至可以摆脱偷糖果、十点的"黑母马"、她笑着让我和父亲闻她的底裤之类的愚蠢游戏的记忆。我对他们不错，我爱他们。"你不可能爱他们，你和他们截然不同！"不，这是不可说的，他没有这个权利。不曾恨过他们的他，实在太过幸运。我会一个月看他们一次。"你的成绩怎么样？"我没笑，不想打击他们。整个周日都在闲聊。因为超市的缘故，客人少多了。食堂、图书馆、阶梯教室，他们听得心潮起伏，她甚至抚了抚胸口。这都是给他们的女儿、他们的独生女准备的。马克和我真正的生活，平静无波，毫无恨意。去他们家，只是短途旅行，远方的遗憾。"自从她不在家住以后，比以前和善多了……"她坦言……当然了，从大都市的角度看，在阅读《世界报》的他对面的，是一些普普通通的小商人，这些人已经和我不在一个阶级，变成了我可以客观讲述的陌生人。

没有什么能破坏我的庆典。在学校，论文和演讲都让我在我的归属地闪闪发光。观察入微，论证精妙……老师们，他们知道，他们评价的是我的自我。唯一一个摆脱了桌角边的呕吐物和两批客人吃剩的香肠头的人。像他们说的那样，能够躲过拉丁语陷阱，能找到例子去支持这个或那个观点，能找到诀窍，这相当了不起。但是，精神的庆典，对我来说，并不是发现，而是感受到我还在向上爬，感受到我比别人，比那些穷鬼或是住在高地别墅里那些只会死记硬背的傻瓜，要聪明得多。靠着点滴积累，我在不知不觉中掌控着课堂的节奏和方向。内容丰富的作业，别开玩笑了！这全是假象，都是为了骗骗观众，是我的阶梯。一旦完成，那些演讲和论文就会被我丢进垃圾桶，绝不会用第二次，只是某次成功的记忆。紧抓住一切能让我脸红心跳的东西，用图书馆冰冷的书籍、文凭和工作日的下午在大都会里咖啡氤氲香气中的哲学对话，来搞定一切麻烦。我会拿到文学教师资格，差不多和西蒙娜·德·波伏瓦一样，咖啡、房间、讨论第三世界的问题直到凌晨四点才睡，当我还在那毫无新意的肮脏店铺里时，这异国他乡的悲惨世界就已让我心驰神往，毕竟，我住的地方和那里很像。预科考试放榜那天，我给父母拍了份简短的电报，免得他们唠叨，毕竟还是该和他们分享一下喜悦之情。让他们能伴着我勤奋纯洁的形象入睡。为了庆功，我在一家夜总会玩到早上，玩得精疲力竭。酒和朋友，都由我来买单。恩赐将我托起，给我戴上光环，我一只脚已经踏进大学校门，预—科—生，那扇发出尖锐响声的大门已经被我敏捷地跨过。一无所成、命运的惩罚和傻瓜的担忧都结束了。**我出生的那个绿色村庄……**你呢？要是我成功了，我们能否结婚……为什么高兴得要哭？"让她哭，马克，她喝醉了！"黏屁股的长凳，我沉醉在酒精和肌肤中，一阵阵的热流在棉条上绽开。那么热，仿佛我的身体已经知道月事条会最后一次悬挂在阁楼上。我什么都没想。一个空袋子，浑身酒气汗渍，平静和秘密的血流。成功了。

要及时行乐，不能让那类似迷恋的东西发酵。我并不知道，庆典是会结束的。他的房间变得越来越热。欲望开始变淡，猛地一下就消失了，非常奇怪。空气和他的皮肤都变得肮脏污浊。"让我静静，我十月份要重考……"法考失利的他脾气更坏，也更加阴郁。浑身透湿，总觉得自己在两次痉挛之间。面目模糊，毫无存在感。但是，一天，他带我去见了他的母亲，就在大钟街的那家暗绿色的茶馆里。我被打了预防针："她不知道我们睡在一起！"笨拙和燥热让我显得沉默寡言、呆头呆脑。对着这个过于和善，z 和 s 不分，像兔子一样无害干净的女士时，我一直在丈量她和我母亲之间的距离。这么个好女人，她无需文凭或其他什么东西来让自己活得逍遥。她笑语晏晏。"我经常弄混，瓦德克·罗歇，他是社会党还是法国总工会的来着？快给我解释一下，亲爱的！"她满足了我所有的幻想，显得太不真实。珍珠项链、低调的金黄发色、温柔可亲、动作像鸟儿一般轻柔、和儿子说话时温言款款。我梦想中的母亲。可事实上，我很讨厌她。"您是一个文科生？我年轻时可迷文学了，还有过一整套文学评论书，您知道，就是法盖的那套，我没记错吧？"温和有礼，略显肤浅，在她旁边，我就像个粗鄙的美杜莎，一个跑到城里的村姑。"当然，她对你的印象很好，我向你保证，最多觉得你有点书呆子气。"听到自己给人留下了个好印象，我还是挺高兴的，哪怕只有一点。

　　一周了，还是没来。克罗帕尔街细砾石路下的沥青开始融化，一如反光的水洼上漂浮的小岛。我一阵恶心。我总是在这个时候回家看父母，解开已经发馊的衣物，一股咸鱼味，证明他们没什么可担心的证据，我要得不赖。到了周日，我就已经确定了。必须找点什么瞒过我的母亲。这个周日，我看着他们用双手喂鸡，给酱料调味，将面包头放到盘子里，泡软，再放，空盘。一个客人隔着厨房门洞和他们聊天。边吃边聊。我被困在餐桌上，夹在他和她之间。是的，我相当开心，露出了大仇得报的笑容，但愿这是真的，但愿不幸和崩溃真的会来。做好害怕、叫喊的准备吧，她们不会再来了，瞧，勒叙尔大娘，我也用上了街区的人对你的称呼，这次不是她们命悬一线，你也没法找她们算账了。我无法解释这欢欣，也许，所有的快乐都变成了实体，在体内膨胀。他们完全是自作自受，他们的身份真是让我烦透了。要只是上床，也没有什么证据，还能够抵赖。"不会，妮妮丝肯定不会做这样的事。"但是，怀孕就不一样了，他们肯定很快就会发现，张腿，跳舞，都结束了，打个包，想都不用再想。我简直可以称得上骄傲，当我和那个红发小伙子在一起的时候，他们那么害怕，也许后来也一直后怕，还有当街区的某些姑娘奉子成婚时，他们的沉默……现在轮到他们抱怨了。不过，我还什么都没说，我等着先告诉他。我品尝了八天的胜利，如同快感的延续。我将他吞下了，这个小资产阶级、家教良好、另一个阶级的人。比预科还要高一个等级。

　　他当时在奥地利，和父母一起，并没有收到我的信。十五天都没能摸到这封信。我满脑子都是肉的味道，我身边的人都变了样，眼中的一切都变成了食物，颠倒的糖果屋，一切都在发酵变质，而我就是个泔水袋，洒得到处都是，搞得遍地模糊。食堂太热了，女生个个面如菜色，我吃的都是些脏兮兮、软趴趴的食物，我的胜利好像不再那么光鲜。我本以为是信仰危机。睡在大学城的床上，我大杯大杯地喝着闪闪发光的艾巴杜[52]，胃里一阵翻涌，刚到嘴边，便是一股恶心的下水道味。啤酒变了质，我极度渴望松软多汁的香肠和鲜红的草莓。当我终于吃上想念多时的蒜香味赛尔维拉斯香肠时，那恶心的气味立马上涌，快乐不过三秒。最后，我和白毛巾成了好朋友。简直像中了毒。

　　"真要命！"他终于来了大学城。"我可没有时间照顾你，还要考试……"他抱怨道，有点心不在焉，这个傻瓜。他已经考过了，是我在等。我本以为他能解决这个问题，结果他说，我们去他家解决这个问题，他可以和他的妈妈说，那只有教养的兔子，为什么不告诉她呢……我真是蠢。可奖学金不够。"我可以借给你……"他兴致高涨，抚摸变得暧昧。那塑胶性器让我的胸开始发胀，我都快被气哭了。他竟然还能从中得趣，去舔那无邪的陷阱、那带有梨花香的树胶，那感觉涌上腹部，将我淹没。以前那蚀骨的快感，已然瓦解，只剩下流。他根本就是在藐视我，羞辱我，我真恨不得吐在他的头发里、枕头上和马天尼杯中。

庆典结束得也快。穿过楼梯、街道、桥梁，只有一个目的地，找一个堕胎医生，付钱，让她在厨房的桌子上用刷子将我洗干净。这个在身体里乱翻，毁人声誉又安抚人心的黑人女性、秘友、圣母藏在哪里……我花了两个月，某座城市的某栋房子，这栋房子的某个房间，这个房间的餐桌，餐桌上放着一个袋子、一些工具和导管……"别喊了，小家伙!"毫无意义，一群或棕或红头发的男孩，柔软的肉体，欲罢不能的嘴唇，然后突然一下，没了。这就是报应，被洞穿、被五马分尸的妮妮丝。都是一个地方，真的很难不去想它。他的快乐小径，哎哟，上膛，捅进，"很快就能进去，回回都行!"那双被扁豆染色的手。疼，真疼。

独自一人等着拆绷带，或死去。得让冷风进去，闻起来像被碾碎的苹果。那经过腹部每一寸的液体将床单浸透。就像隔壁邻居的猫跑到我的床单上产了崽，只不过我的是散发着香气的粉红色晕痕。"她排空了，结束了"，我的母亲每次从某个老妇人那回来时会这么说。没有人来看我，我需要独自排空那个小小的怨恨之袋，淡红的，命中注定的失败。不能去父母家，和他们解释，忘记一切! 我会拿到本科毕业证，也许还能拿到教师资格证。她不会信的，她只会认为我被强奸了。一个阿拉伯人是最容易被假想成的施暴者。要是我死了，他们肯定会疯，一切都付诸东流。妮妮丝……他们会关掉店铺，那些傻瓜、经济情况不佳的人、穿着布鞋的妇人不会再出现。可我也不在了。夏日炎炎之时，她会给我带一支已然半融的雪糕。她走得那样急，热得满头大汗，擦着眉眼。弑父杀母。他们在山毛榉林里散着步，树荫那么密，阳光都透不进来。"乌乌"（Vannée），我想叫她"乌乌"，因为她涂了粉的皮肤已经苍老，因为她米色的泡泡裙和沉沉的乳房。那是一个秋天，他们边喝着咖啡边走进厨房，第一个客人说着话推门进来，空气中一股潮湿发霉的味道。我被砍成了两半，一边是我的父母、工农家庭和人力劳动，一边是学校、书籍和博尔楠们。夹在两张椅子之间，自会滋生怨恨，必须得选一边坐。哪怕我想，我也不可能再像他们那样说话，木已成舟。"要是她没有继续求学，也许我们会更加幸福"，有一天他这样说道。也许我也是。雪糕滴在第三组的拉丁语动词上，哪怕她已竭尽所能地赶回家。他们为我付出了一切。那么多被压碎的东西，这个被缠得奄奄一息的女人，必须独自在厕所里将一切都吐出来。吐出那灌肠水，再次启程。去哪儿？就像周六多米诺骨牌玩家所说："那是一种直觉。"我当时并不懂这句话的意思。他不会再回来了，还有一周他就会去美国。酷暑使得苹果酒气泡沸腾，瓶塞都喷射出来，地窖里满是黄色的泡沫。一些玻璃碎片足足飞了三米远，剩下炸裂的酒瓶仿佛一束束盛开的鲜花。全是空的。要是我如此费劲地摆脱肚子里的耻辱，都是因为他和那些资产阶级、那些体面人，都是为了自证，为了让自己与众不同，若整个故事就是个错误……这次怀孕怕是没有任何意义。

我不想死。星期日，大学城的门房也一直守在底层。

1973 年 9 月 30 日

译者注

1. Adolphe Monticelli（1824—1886），19 世纪中期的法国
   著名画家。
2. 法国 20 世纪 30 年代有一档歌唱比赛节目 Crochet
   radiophonique，不受观众喜爱的歌手会被人用木棍抵住
   脖子又出舞台。
3. 《知心》（*Confidences*）杂志是法国知名的女性周报。
4. 原文为拉丁文：Crucifixi fige plagas cordi meo valide。
5. Saint-Raphaël，法国南部旅游胜地。
6. Brillant Eclipse，法国汽车保养用品品牌。
7. Lourdes，法国西南部小城，是法国的宗教圣地，传闻
   当地的泉水可治疑难病症，尤其是久治不愈的瘫痪。
8. Kroumir，生活在阿尔及利亚和突尼斯边境的一个族裔。
9. 意指已经死亡、入土为安。
10. 《马太福音》20:16。
11. 法国一套儿童读物中的主人公。
12. 法国漫画，体现了 1905—1960 年的法国女性对国家、
    社会、家庭关系等主题的看法。
13. 德利是法国作家让娜·德拉罗西埃（1875—1947）及她
    的弟弟弗雷德里克·德拉罗西埃（1876—1949）的笔

名，他们创作的小说以爱情和历险故事为主，深受当时大众的欢迎。

14. Coop，法国西北部著名的零售集团，于 1919 年成立。

15. Jean Grandmougin，法国记者、社论作者。1948—1962 年任卢森堡电台的主播，主持的社论节目一般在下午 1 点和晚上 8 点播出，拥有广泛的听众。

16. 卡尔庞捷和菲亚利所编著的现代英语语法。

17. 一档电台真人秀节目。

18. 原文为拉丁语：dominus。

19. 原文为英语：the cat is on the table。

20. 西班牙著名美食。

21. Vittel-délices，法国矿泉水品牌维特尔在 20 世纪 60 年代推出的一款苏打水。

22. 廉价干白葡萄酒。

23. calendos，法国加芒贝尔地区出产的干酪。

24. Douarnenez，法国布列塔尼地区的港口。

25. Lustucru，法国食品品牌。

26. La Redoute，法国零售商品牌。

27. 法国酒厂贝尔杰的广告标语。

28. 巴尔扎克小说《高老头》中一处穷人聚集的住所。

29. 雷诺汽车公司于 1957 年推出的一个轿车系列。

30. Sidney Bechet（1897—1959），美国爵士乐演奏家。

31. 原文为拉丁语：Mihi opus est amico。

32. Georges Brassens（1921—1981），法国演员、歌手。

33. James Dean（1931—1955），美国男演员。

34. 布拉桑演唱的歌曲《娇艳的花》中的歌词。

35. Luis Mariano（1914—1970），西班牙歌手、演员。

36. Georges Braque（1882—1963），法国立体主义画家、雕塑家。

37. The Platters，美国合唱团体。

38. Paul Anka（1941—　），加拿大歌手。

39. Tomaso Giovanni Albinoni（1671—1751），意大利作曲家。

40. 原文为英语：flirt。

41. Fernandel（1903—1971），法国演员。

42. 1968—1993 年，法国的高考分为五个方向，分别为 A（哲学和文学），B（经济和社会），C（数学和物理），D（数学和自然科学）和 E（数学和技术）。

43. 西德尼·贝彻演唱的著名情歌，发表于 1959 年。

44. Only you，派斯特乐队的名曲。

45. 贝彻的名曲。

46. Charles Aznavour（1924—2018），亚美尼亚裔法国歌手。

47. Colomby，戴高乐将军的家乡。

48. Dalida（1933—1987），法国著名歌手。

49. 原文"Jean Vachier sans papier"是一个谐音梗。

50. Pernod，法国茴香酒品牌。

51. Dalloz，法国一家以出版法学专业书籍出名的出版社。

52. 一种治疗消化不良的药剂。

图书在版编目(CIP)数据

空衣橱/(法)安妮·埃尔诺(Annie Ernaux)著;
张洁译.—上海:上海人民出版社,2024
ISBN 978-7-208-18894-5

Ⅰ.①空… Ⅱ.①安… ②张… Ⅲ.①自传体小说-
法国-现代 Ⅳ.①I565.45

中国国家版本馆 CIP 数据核字(2024)第 084519 号

责任编辑 赵 伟
封扉设计 e2 works

封面画作来自朱鑫意的"2020"系列作品

空衣橱

[法]安妮·埃尔诺 著

张 洁 译

出　　版　上海人民出版社
　　　　　(201101　上海市闵行区号景路 159 弄 C 座)
发　　行　上海人民出版社发行中心
印　　刷　苏州工业园区美柯乐制版印务有限责任公司
开　　本　787×1092　1/32
印　　张　7.5
插　　页　6
字　　数　89,000
版　　次　2024 年 9 月第 1 版
印　　次　2024 年 9 月第 1 次印刷
ISBN 978-7-208-18894-5/I·2150
定　　价　52.00 元

2022 年诺贝尔文学奖"安妮·埃尔诺作品集"

已出版

《一个男人的位置》

《一个女人的故事》

《一个女孩的记忆》

《年轻男人》

《占据》

《羞耻》

《简单的激情》

《写作是一把刀》

《相片之用》

《外面的生活》

《如他们所说的，或什么都不是》

《我走不出我的黑夜》

《看那些灯光，亲爱的》

《空衣橱》

《事件》

《迷失》

《外部日记》

《真正的归宿》

《被冻住的女人》

《一场对谈》